Jakten på det försvunna dokumentet

MARCO L. NOBIS

JAKTEN PÅ DET FÖRSVUNNA DOKUMENTET

Förlag: BoD · Books on Demand, Östermalmstorg 1, 114 42 Stockholm, Sverige, bod@bod.se
Tryck: Libri Plureos GmbH, Friedensallee 273, 22763 Hamburg, Tyskland
ISBN: 978-91-8114-646-2

Denna berättelse tillägnas vår saknade medarbetare Niels Vidiendal Olsen som avled 18/8-2022.

DEL 1

Kapitel 1

Vad hade precis hänt?

Gert-Inge Ekdahl famlade i mörkret. Längre ner i korridoren hördes ett kvidande och skrapande ljud. Allt var beckmörkt, inte ens belysningen över akvariet var tänd. Gert-Inge trevade efter sin smartphone och tände ficklampan. Nere i hörnet vid soffan såg han två gestalter sittandes på golvet, bundna med silvertejp och munnarna var hoptejpade. Det var Kerstin Öhrn och Clara Cesar.

Samtidigt i en helt annan del av världen:

En mörk och oansenlig träbarack syntes några kilometer utanför Moskva.

Ingen visste vad som pågick under jorden direkt under baracken.

Ali Ustinov och Daniel Nikolajev, två svenskryska apotekare som sedan många år eftersökts av Säpo på grund av avancerad spionverksamhet, öppnade det påvra labbet för dagen. Klockan var 06.00 på morgonen i Moskva. Både Ali och Daniel kände sig tunga i huvudet då de hade festat loss under natten. Man hade vistats på en av Moskvas hetaste nattklubbar som var ökänd för droger och prostitution.

– Det blev nog några för många joints! suckade Ali.

Daniel svarade tillbaka med endast ett snett leende.

– Nu får vi sätta igång, Daniel. Vi har mycket arbete framför oss! kommenderade Ali. I det ytterst svaga ljuset syntes ett antal burar med råttor i. Framför dem stod ett flertal provrör som innehöll en vätska.

– Vi får förbereda oss för vår hemliga försändelse, som kommer att komma till oss inom ett par dagar via våra speciella kontakter, sa Daniel.

Ali pustade ut och var egentligen inte alls sugen på att arbeta. Han saknade redan Larizza som han träffat under natten och skulle hellre vilja spendera dagen liggandes i sängen med henne.

Daniel såg redan nu att Ali var omotiverad till dagens arbete och påpekade att om Ali inte utförde det han skulle så kunde han bli bestraffad av de överordnade. Dessa var inte att leka med och tillhörde presidentens närmaste krets och samtliga var tidigare officerare för GRU.

Man väntade spänt på ett tillskott till de kemiska vapnen som Ryssland hade tillgång till och som använts på olika sätt den senaste tiden för att tysta dem som misstrodde det aktuella styret med president Vladimir Mokolow i spetsen. Ingen på labbet visste egentligen vad detta kunde innebära, men man visste däremot att det var ett mycket potent tillskott.

Medan Ali och Daniel startade upp sina datorer hördes en barsk och bestämd kvinnoröst som sa:

– Nu sätter vi igång, pojkar! Vi behöver börja förbereda för ett av Rysslands starkaste kemiska vapentillskott.

– Absolut, Olga, det ska vi! svarade Ali och Daniel samtidigt.

Kapitel 2

Beatrice Berglund kom in genom den vidöppna ytterdörren till kliniken. Hon stannade till i hallen, det var mörkt och hon ropade:

– Finns det någon där?

Gert-Inge svarade:

– Jag är här nere i korridoren. Någon har överfallit Kerstin och Clara och tvingat dem att öppna dörren till arkivet.

Kerstin och Clara var chockade och kunde inte riktigt redogöra för vad som hänt. Allt verkade ha gått så fort. Gert-Inge sa till Beatrice:

– Kom med in i arkivet så ser vi om något skadats eller försvunnit.

Gert-Inge och Beatrice hjälpte Kerstin och Clara att komma loss och gav dem var sitt glas vatten och sedan satte de sig i soffan för att pusta ut. Gert-Inge och Beatrice gick in i arkivet. Inget verkade omedelbart saknas, men på den speciella platsen för läkemedelsstudien såg Gert-Inge då han lyste med sin ficklampa i mobilen att den viktiga kassetten var borta. Denna kassett kunde enbart öppnas med en specifik åttasiffrig kod. Där förvarades ett hemligt dokument som endast ett fåtal forskare kände till. Beatrice sa skärrat:

– Vi måste ringa polisen!

Gert-Inge höjde handen och utbrast:

– Vänta! Dokumentet innehåller mycket känsliga uppgifter som inte får läcka ut till någon utanför den invigda kretsen.

Senare på dagen fick Daniel ett telefonsamtal från den mörkhyade och bastanta laboratoriechefen Rolf Hassan:

– Vi måste träffas i min lya, kamrater. Ni vet ju att vi har ett stort projekt på gång och detta måste samordnas bra. Får vi det inte genomfört ordentligt kan vi riskera att bli skickade till Tjetjenien på kommandouppdrag för Wagnergruppen.

45 minuter senare satt trion i den lilla och smutsiga lägenheten i en förort utanför Moskva.

– Fy fan vad illa det luktar, Rolf! sa både Ali och Daniel samtidigt. Har du inte slängt soporna?

– Nej, jag har varit tvungen att säga upp städerskan för ett par veckor sedan, svarade Rolf.

– Ja, och dessutom måste det se oansenligt ut, sa Daniel.

Samtidigt som Rolf tände en joint tog han också fram en karta som varken Daniel eller Ali kände till.

– Vad är det här? frågade Ali.

– Jag ska visa er! Detta är en översikt på en mycket avancerad och framgångsrik verksamhet.

En sådan framgångsrik verksamhet som vi noga har undersökt närmare och som Jevgenij Puschkin och Olga Sacharowa fått information om, svarade Rolf. Rolf tillade också:

– Om allt fungerar väl kommer vi snart att få en försändelse skickad till vårat labb. Jevgenij och Olga är mycket effektiva personer. De tre medelålders männen granskade noga översikten för att kunna komma med ytterligare synpunkter på hur man skulle kunna utnyttja och komma med förslag och råd på hur man gick vidare.

Efter ett par timmar ytterligare tog man sig ut i Moskvas mörker för att träffa en person som även den var eftersökt internationellt och hade begått många brott även i Ryssland. Hon bodde på hemlig ort.

– Vi tar min Moskwitz, sa Rolf.

De tre männen satte sig i Rolfs äldre bil och gasade iväg.

Kapitel 3

Gert-Inge ropar till Kerstin:

– Kaffet är klart!

Som vanligt förbereder han en lättare frukost. De var sambor sedan många år tillbaka, men ofrivilligt barnlösa. Däremot hade de skaffat sig en liten hund, Albert, som var av rasen Jack Russel. Deras städhjälp passade Albert om dagarna.

I den stora fashionabla villan, som på den tiden den byggdes var ett kap, var nu en fastighet i mångmiljonsklassen. Kerstin och Gert-Inge satsade mycket på huset och hade hjälp med trädgårdsskötsel. Villan var i perfekt skick och i trädgården prunkade det på somrarna i rabatterna och det fanns gott om fruktträd. Speciellt stolta var de över de många slags rosorna som exempelvis Budde Flora Danica.

– Jag kommer strax, Gert-Inge! Jag ska bara ta på mig min kashmirtröja, ropade Kerstin.

Det var i mitten av mars, men ganska varmt för årstiden. En tanke for genom Kerstins huvud:

»Kan det vara orsakat av växthuseffekten?«

Kerstin och Gert-Inge intog frukosten och tog på sig ytterkläderna och gick till den parkerade tjänstebilen, en Alfa Romeo Stelvio, den nyaste hybridversionen, en SUV med åtta säten. Som vanligt varje måndag begav de sig till den privata läkarmottagningen i centrala Malmö. Verksamheten bedrevs av Gert-Inge, som var specialist i psykiatri. Övrig personal var Beatrice som var specialistsjuksköterska samt Kerstin som var administrativ chef och receptionisten Clara. Dessutom arbetade den välkände neurologen och forskaren Carl-Gustaf Nilsson och Walter Olsson som var industripsykolog med många års erfarenhet inom avancerad beteendeforskning.

Clara lämnar ICA där hon precis köpt två redbull med inslag av blåbär och björnbär. Hon är spindeln i nätet på läkarmottagningen där hon är uppskattad som en trogen medarbetare, men också skarp i tonen när det behövs. Carl-Gustaf Nilsson promenerar längs med kanalen med sin hund Michelle. Han är på väg till mottagningen och på vägen dit lämnar han hunden på hunddagiset. Han förväntar sig ännu en intressant dag.

Beatrice har just lämnat sitt barnbarn Olle på förskolan i Trelleborg. Trafiken tätnar ju närmare hon kommer Malmö. Som specialistsjuksköterska är hon i högsta grad involverad i mottagningens läkemedelsstudie. Hon tittar snabbt på sin klocka. Kommer hon att hinna i tid till morgonmötet? Stresspåslaget ökar.

Walter Olsson står vid busshållplatsen i sin nyinköpta regnjacka som känns för varm och han knäpper upp den. Han är även mottagningens utredningspsykolog och mycket uppskattad av sina kollegor för sin stora kompetens och korrekthet, även om han då och då sluter sig och lämnar mottagningen utan att meddela sig. Ibland kan Walter vara sjukskriven några dagar utan förklaring.

Ali Ustinov och Daniel Nikolajev var bägge ökända förbrytare med specialitet inom industrispionage. Tack vare sitt ryska påbrå hade dessa bägge män kunnat samarbeta med den ryska underrättelsetjänsten GRU ostört under en lång tid. Man hade använt sig av den unga och bildsköna pr-konsulten Linda Carlsson. Linda hade ett tätt samarbete med Ali och Daniel, hon var också registrerad inom GRU. Hennes uppgift var att nästla sig in på de mest kända kemifabrikerna som massproducerade eller tillverkade nya läkemedel. Ett särskilt intresse var att få tag i ämnen som hade en centralstimulerande kraft och preparat som kunde ge oanade styrkor till människor och framförallt soldater.

Linda Carlsson var mycket begåvad i förhållande till att ta sig in i dessa system och var dessutom en skicklig hackare när det behövdes. Då hon tog sig in i fabrikerna och lyckades manipulera avsedda personer med nyckelroller, tog hon fram sin minikamera som var gömd inuti en penna. Osedd fotograferade hon lokaler och viktiga dokument som hon senare skickade vidare till Ali och Daniel som i sin tur förde över informationen till Rolf Hassan, som hade en stark anknytning till den ryska underrättelseverksamheten.

Enbart på senare tid hade Säpo avslöjat dem, men det var då för sent att gripa dem. Samtliga hade lyckats fly via Minsk i Vitryssland till Moskva.

– Kommer du ihåg den där kliniken i Malmö, Daniel? frågade Ali.

– Ja, visst gör jag det! Det var ju den där äckligt perfekta kliniken som gjorde en slags studie på en revolutionerande produkt mot Alzheimers, svarade Daniel.

– Ja, fy fan! Den kliniken hade verkligen lyckats få ett gott omdöme och ett gott renommé i forskarkretsar, svarade Ali.

– Ja, det där projektet borde vi ha fått istället. Vi får samtala mer med Tina Timosjenka om detta när vi kommer fram, svarade Daniel.

Rolfs bil tuffade nu in i de allra värsta och mest ökända kvarteren i Moskva.

Kapitel 4

De två långa muskulösa svartklädda maskerade männen hade sprungit ned för trapporna från femte våningen. De hade en sådan hastighet att de forcerat entrédörren så att glaset hade splittrats. Ungefär samtidigt kördes en svart Audi RS6 fram till entrén av byggnaden. De två männen försvann lika snabbt som de kommit. Gert-Inge sprang ner för trapporna för att försöka få en skymt av bilen som han hade hört rivstarta. Samtidigt som Gert-Inge kom ut ur byggnaden stötte han på José, innehavaren av jourbutiken på hörnet som lagt märke till den rivstartande bilen. Gert-Inge hade genom den öppna dörren till mottagningen hört männen ta sig ner för trapporna. Han hade varit tvungen att springa ner för att se om han kunde uppfatta något av intresse. Han visste samtidigt att Clara, Kerstin och Beatrice väntade kvar uppe på mottagningen.

– Såg du något speciellt, José? frågade Gert-Inge.

– Ja, jag såg två mörkklädda män som hoppade in i bilen, svarade José.

– Såg du någonting mer, såg du registreringsskylten? frågade Gert-Inge stressat.

– Jag passade på att skriva ner det på mobilen. Det var något märkligt, den var inte svenskregistrerad och såg ut att komma från utlandet. Ge mig ditt nummer så skickar jag informationen till dig, svarade José.

Gert-Inge tackade och vände tillbaka till mottagningen på femte våningen. Väl uppe på mottagningen kontrollerade Gert-Inge numret och noterade att bilen troligtvis var registrerad i Italien, närmare bestämt i Venedig. Beatrice satte sig i soffan och pratade lugnande med Kerstin och Clara. Samtidigt berättade hon att den viktiga forskningskassetten troligtvis var det som saknades. Gert-Inge gick in i arkivet och noterade att kassett nr 34AZB1 – LTDP64A1 saknades. Man visste att samtliga 34 kassetter som beskrev olika forskningsområden var försedda med en spårsändare och så även kassett nr 34. Gert-Inge startade den specifika appen på sin mobiltelefon med förhoppning att kunna spåra kassetten. En tydlig signal kom upp på hans telefon. Den visade att bilen körde på E6 i riktning mot Trelleborg.

Man tog sig fram i de mörka och smutsiga kvarteren efter att ha parkerat Rolfs bil.

– Herregud! ropade Rolf chockat.

Vissa delar av Moskvas centrum skilde sig inte ifrån andra slumområden. Trots socialismen var folk lika fattiga här som i andra länder.

– Ja, jag säger detsamma! svarade Ali lika chockerat.

Efter att ha hittat till den hemliga adressen och fått information om var Tina Timosjenka befann sig, knackade man på en ovanligt tjock säkerhetsdörr. Det måste vara en dörr med flertalet lås. Mycket riktigt tog det lång tid innan dörren öppnades och framför dem stod nu Tina Timosjenka.

– Vad gör du här, Rolf? Vad vill du egentligen? frågade Tina barskt.

Framför de tre männen stod en otrevlig och inte alls inbjudande person. Tina hade uppenbart en joint i högra handen, hon var rödögd och blek. Nyligen hade antagligen

Tina tatuerat sig, så en orm syntes upp mot halsen. Hennes hår var ovårdat och slitet och man skymtade de gråa håren trots att Tina enbart var i 40-årsåldern.

– Du vet varför vi är här! En stor leverans kommer att komma till oss inom några få dagar. Vi behöver få tag i de viktiga, kemiska substanserna för att kunna kopiera molekylen, svarade Rolf.

– Ja, jag anade att det var det som var skälet till erat besök. Men jag vill förvarna dig om att detta besök kommer att kosta mycket pengar och att mina kontakter inte är billiga, svarade Tina.

– Ja, vi har tagit höjd för kostnaderna och vi kommer att meddela vår kontakt på GRU. När kan vi sätta igång? frågade Rolf.

– Tag plats i mitt oansenliga kök så sätter vi igång direkt! kommenderade Tina.

Kapitel 5

– Vad gör vi nu? frågade Gert-Inge oroligt.

Han hade svettdroppar i pannan. Kerstin hade nu återhämtat sig tillsammans med Clara.

Kerstin brast plötsligt ut:

– Vår forskningsrapport 34 är borta!

– Detta är helt förfärligt! I den ligger ju en forskningsrapport som kan vara ämne för Nobels pris i medicin. Om den studien faller väl ut så kan den resultera i den första medicinen som botar Alzheimers sjukdom, sa Gert-Inge panikartat.

Samtidigt noterade Gert-Inge att signalen blev svagare på mobilskärmen och att kassettens spårsändare nu måste vara långt borta. Allt pekade på att bilen var på väg mot färjan från Trelleborg till Travemünde. Beatrice utbrast:

– Vi måste köra efter dem och jag kan den snabbaste vägen! Vi följer signalen och kör mot hamnen i Trelleborg. Jag bor ju nästan granne med hamnen.

Gert-Inge, Kerstin, Clara och Beatrice satt tysta och spända i bilen. Ska de hinna ifatt? Gert-Inge körde så snabbt han bara kunde efter Beatrices instruktioner. De tog sig ut på E6 efter att han krånglat sig igenom den täta morgontrafiken i Malmö. Kerstin utropade:

– Försök att öka farten så att vi inte tappar bort dem!

Halvvägs mot Trelleborg märkte Beatrice att signalen inte längre flyttat sig. Tack vare den höga hastigheten närmade de sig Maglarpsrondellen några kilometer från färjeterminalen. Signalen var nu mycket stark, blinkade och hade övergått från gul till grön, vilket betydde att Gert-Inge och hans team befann sig inte långt ifrån kassetten.

Gert-Inge svängde in mot färjeterminalen. På Gert-Inges tidigare beskrivning kände de igen den svarta Audin som stod parkerad ca 200 meter framför dem. Gert-Inge styrde in snabbt mot vägkanten. Man beslutade sig för att avvakta och iaktta vad som skulle ske. Efter enbart ett tiotal minuter dök en stor svart amerikansk SUV av märket Dodge upp och parkerade framför den svarta Audin.

Köket var slitet. Dessutom kunde man konstatera att det var mycket smutsigt. Rolf tyckte sig se en insekt i ett hörn utav rummet. Rolf nämnde ingenting.

– Här finns inget att äta, grabbar. Men jag kan bjuda på afghan och vodka, sa Tina livfullt.

– Det får räcka för oss, svarade Rolf.

Man vecklade upp en översiktskarta på Union Medical SpA Neurosciences anläggning utanför Lviv i Ukraina.

– Den här anläggningen är mycket modern och avancerad. Den har fjorton våningar under jord och längst nere tillverkas ämnet som vi har letat efter i flera månader, sa Rolf.

– Är det ämnet som börjar på L-tdp? frågade Ali.

– L-TDP 64a1 är ett ämne som man testar kliniskt på den mottagningen som Linda nästlat sig in i och utgav sig för att vara pr-konsult. Det är dit vi har skickat våra mannar för att få tag i kassetten med det hemliga forskningsprotokollet, svarade Rolf.

– Okej! Jag förstår. Det verkar som att de viktiga substanserna som vi måste få tag i här är: Theanin, Peptas och rent dopamin. Helst utvunnet ifrån en människa, sa Tina.

– Just precis! sa Rolf och höll med. Det sistnämnda kommer att bli svårt, men vi måste försöka ta oss in i de patologiska enheterna vi känner till här i Moskva.

– Menar du att vi måste stjäla lik?! utbrast Daniel.

– Det blir en grannlaga uppgift för mina mannar, svarade Tina utan att tveka.

De tre männen tittade imponerat på Tina och därefter på varandra.

– Det skålar vi på! sa Rolf och höjde det smutsiga vodkaglaset.

– Nasdrowje! utbrast allihopa med en och samma stämma.

Kapitel 6

LTDP 64a1. Medlet vid namn Levo-tianindopmaminergt peptase – ett ämne som forskats fram under lång tid av en grupp lundaforskare tillsammans med två ukrainska forskare vid Lvivs universitet. En studie som pågått under flera år. I avslutningsfasen skulle ämnet prövas på levande människor varpå vår klinik var den utvalde att utföra denna studie. All forskningsinformation lagrades i klinikens inbrottssäkra arkiv i mappar som fanns i specialtillverkade kassetter med kodlås och spårsändare. Det fanns en reservnyckel till arkivdörren och den var inlåst i ett kassaskåp tillgängligt på receptionistens kontor.

Gert-Inge och Kerstin kom som vanligt tidigt till kliniken. Gert-Inge var irriterad därför att hemtjänsten som hade verksamhet i samma fastighet återigen hade tagit deras privata parkeringsplats. Man hade därför fått parkera ett kvarter bort. Väl inne på mottagningen förberedde man dagens tester. I arbetet ingick att via receptionisten Clara ringa in patienter för dagens medicinska prövningar. Som vanligt träffades man i konferensrummet för att planera dagen. Kerstin lagade gröt till alla som brukligt var toppade med hallonsylt och färska blåbär med mjölk. Detta var en höjdpunkt för alla som samlats för en god start på dagen. Under tiden gled Carl-Gustaf och Walter in på kliniken och deltog i mötet. Stämningen var riktigt god och man fördelade arbetsuppgifterna i vanlig ordning. Så långt flöt dagen på som brukligt och ingen anade att något oväntat skulle hända senare under dagen.

På vägen hem från Tina hade Rolf erbjudit skjuts i sin skruttiga bil. Men både Ali och Daniel hade tackat nej.

– Råttan! hojtade Daniel till.

– Håll käften, kalla mig aldrig det där igen! skrek Ali.

Ali stod inte ut med att bli kallad råttan efter att han i unga år deltagit i ett läkemedelsexperiment som nästan lett till att han blivit impotent. Ali hade dessutom tappat allt hår på kroppen inklusive håret på huvudet. Först efter 6 månader hade allting varit på plats igen, men han hade aldrig känt sig så hånad och utskrattad som då. Detta hade satt ett djupt spår i hans själ. Detta kunde han ej glömma bort.

– Skulle det inte vara mysigt att träffa Sasha och Larissa igen? Det var väl en mysig natt vi hade med dem? frågade Daniel. Det var ju nästan som när vi träffade de där thailändska fnasken på massageinstitutet, de för endast 150 euro, tillade Daniel.

– Nej! Sånt där har vi inte tid med nu, Daniel, vi måste verkligen fokusera på våra uppgifter här för att få tillskott till vår kemiska bank på labbet. Vi har en hel del som vi måste sätta igång med. Tiden är dessutom knapp, våra soldater väntar på att få sättas i strid, utbrast Ali.

Tidigt nästa morgon öppnade Daniel som vanligt säkerhetslåset till labbet utanför Moskva. Labbet fungerade förvånansvärt bra trots att man inte höll några som helst hygienregler. Samtlig personal hade utbildats utomlands, men de flesta i de ryska republikerna. Man samarbetade även en hel del med kinesiska så kallade forskare. Trots dessa brister var labbet ändå relativt modernt.

– När kan vi sätta igång?! frågade Ali stressat.

Han stod nu precis bakom Daniel.

– Vi väntar på direktiv uppifrån, svarade Daniel.

Man tryckte på den stora hissen ner till underjorden för att komma till labbet.

Lysrören i taket tändes automatiskt. Flertalet lampor var trasiga och blinkande. Detta brydde sig inte de bägge apotekarna om.

Plötsligt lyste skärmen på Alis telefon, han såg att det var Tina.

– Vi har ett problem på nacken.

Det var Tinas röst.

Kapitel 7

Plötsligt startade den stora SUV:en med skrikande däck och körde mot färjeterminalen. Kerstin hojtade till:

– Gert-Inge! De kör iväg. Följ efter dem!

Gert-Inge lade snabbt in Alfa Romeons växel i drive-läge och följde efter på behörigt avstånd. Några hundra meter framför noterade man snabbt att den stora svarta bilen framför dem körde igenom betalstationen och in mot färjan som väntade. Gert-Inge och de andra följde efter och körde ombord efter SUV:en.

Uppenbarligen hade de inte blivit upptäckta. De dröjde kvar i bilen tillräckligt länge för att inte avslöjas. Resan var lång och man skulle anlända till Travemünde tidigt nästa morgon. Beatrice fick i uppdrag att köpa plaster till två hytter, en för Clara och Beatrice och en för Kerstin och Gert-Inge. Färjan lade ut efter att den signalerat bestämt två gånger. Nu var de på väg mot Tyskland.

Planen var nu att försöka följa efter förövarna utan att upptäckas.

Senare på kvällen träffades man i Gert-Inges och Kerstins hytt för att samråda om kvällens planering. Clara sa ifrån att hon var hungrig. Hon var sugen på en bluecheese burgare med sötpotatis. Kerstin svarade snabbt tillbaka att vi måste äta nyttigare. Gert-Inge tog kommandot och sa:

– Vi går till restaurangavdelningen, men se upp för de hotfulla männen.

På vägen dit passerade gruppen en hytt där det hördes höga mansröster som var mycket agiterande. Beatrice viskade att hon tyckte sig känna igen det främmande språket. Kanske det var förövarna som talade ryska blandat med ett annat språk?

– Vad är problemet?! frågade Ali.

– Jag hittar inte mina kontaktpersoner! Jag har dock ytterligare en kontakt, men han är dubbelt så dyr och det måste godkännas utav Rolf först. Fråga honom detta omedelbart och återkom inom 15 minuter till mig, kommenderade Tina.

I den mörklagda gränden utanför bårhuset Petrovsk – Kalinin väntade den nyligen anlitade hantlangaren av Tina vid namn Sergej Antonov.

»Vad fan har jag gett mig in på?« mumlade Sergej för sig själv.

2 miljoner rubel kan man ju inte tacka nej till, tänkte Sergej. Dessutom så snabbt. En miljon nu och en miljon efter. Uppdraget verkar ju inte helt omöjligt att utföra.

Kort därefter kom det en krum och smal kvinna med framåtlutad och ostadig gång.

– Jag söker sparven, är det du? frågade Tina.

– Ja, och jag söker den svarta änkan, är det du? frågade Sergej.

– Ja, det är jag! Utför nu ditt arbete som du ska så får du pengarna därefter, svarade Tina.

– Okej! Jag har alla redskapen färdiga, svarade Sergej.

Kort därefter lämnade de varandra och Sergej försvann in i mörkrets skuggor. Han hade ett snett leende och tänkte för sig själv:

» Det här blir lättförtjänta pengar!«

Kapitel 8

Redan tidigt nästa morgon satt gruppen, med Gert-Inge i spetsen, i den stålgråa Alfa Romeon. Man väntade ivrigt på att den rättmätige ägaren till den svarta Dodgen skulle anlända med sitt följe. Mycket riktigt – kort därefter kom de svartklädda männen med två sportbagar. Istället för två var de nu fyra. De kastade in väskorna i bagageutrymmet och satte sig i bilen. De verkade vara mycket ivriga. I högtalarna hördes nu att enbart fem minuter var kvar tills man skulle köra i land på den tyska sidan. Dodgen startade med skrikande däck och körde ut ur terminalområdet med hög hastighet. Gert-Inge, Kerstin, Clara och Beatrice följde efter den svarta vanen. Man upptäckte snabbt att det var svårt att hålla samma hastighet. Man gjorde sitt bästa, men redan efter några kilometer upptäckte Gert-Inge att det inte gick att följa efter. Nu var goda råd dyra. Beatrice nämnde att hon för många år sedan träffat en pensionerad kriminalkommissarie vid namn Heinz Auchmann. Gert-Inge körde fram till närmaste parkeringsplats och tog fram sin mobil. Efter fem signaler svarade Heinz efter det att Gert-Inge hittat hans uppgifter på nätet. Gert-Inge förklarade hastigt den aktuella uppkomna situationen.

– Stå stilla och rör er inte! kommenderade Sergej.

Framför sig hade han obduktionsassistenten som precis skulle sätta nyckeln i låset för att öppna dörren till bårhuset.

– Ge mig dina nycklar och visa var Oleg Sverev ligger! gastade Sergej.

Obduktionsassistenten flämtade till och lyfte armarna när han kände mynningen av vapnet mellan sina skulderblad.

– Där! pekade assistenten.

Oleg Sverev var en av de mest ökända kriminella och eftersökta medlemmarna i den fruktade motorcykelklubben, som höll till i norra Moskva.

– Var är hans kompanjoner? frågade Sergej.

För en vecka sedan hade två stora motorcykelgäng drabbat samman med resultatet att Oleg och hans kamrater skjutits ner på öppen gata. Hälften utav mc-gänget hade utplånats. Det var bara en spillra kvar egentligen. Oleg, som var deras ledare, var den första som mördades.

Assistenten blev tyst och funderade.

– Här finns över trehundra döda. Jag får undersöka saken om en stund, sa assistenten stressat.

– Nej, nej! Din dumme fan! Du stannar här hos mig, gå ingenstans! ropade Sergej.

Assistenten svettades ymnigt och förstod att hans försök att kontakta polisen var meningslöst.

– Nu säger du det till mig eller så skjuter jag dig i knäet! skrek Sergej.

– Okej! Jag vet var de ligger! Här är siffrorna på deras kylboxar, svarade assistenten.

Sergej föste assistenten framför sig för att öppna utrymmet där den döde låg. Boxen gled sakta ut och fäst på den dödes stortå stod ett namn skrivet. Detta kände Sergej omedelbart igen. Han var nöjd och hade nu fått de rätta uppgifterna.

– Jag är nöjd! Nu behöver jag inte dig längre, sa Sergej.

Två puffar hördes och de två skotten träffade assistenten i bröstet. Sergej var nöjd med ljuddämparen, den var av högsta kvalité.

Assistenten föll våldsamt till marken efter att ha tryckts in i väggen och dragit med sig skrivbordet med datorn på.

Kapitel 9

L-TPD 64a1 var det ämne som alltså under flera år hade forskats fram av en mycket känd grupp i den berömda universitetsstaden Lviv i Ukraina. Ungefär samtidigt, ovetandes om detta östeuropeiska forskningsarbete, hade man genom en mycket noggrann studie bekräftat resultaten i Lund på universitetssjukhuset. Resultaten på råttor var anmärkningsvärda. Man hade kunnat påvisa att cellerna i hjärnan som drabbats av förtvining med hjälp av denna substans helt återfått sin fulla funktion efter enbart 3–4 månaders behandling. Nu återstod alltså att kunna visa att denna produkt också skulle kunna vara verksam på människan. Då Gert-Inge sedan många år haft en tät och bra relation med forskargruppens ledare Pouya Morrisson i Lund hade man därför fått möjlighet att utföra den sista fasen, det vill säga, prövning på människa via den klinik i Malmö där Gert-Inge och hans team var verksamma. Ämnet var dock så pass känsligt och komprometterande så att projektet utfördes i högsta hemlighet där forskningsdokumenten förvarades i en specifik kassett med kodlås och spårningssändare, om de mot förmodan skulle komma på villovägar. För ytterligare säkerhet bevarades kassetten i ett arkiv med branddörr som även den hade ett avancerat kodlås.

Trots den höga säkerheten hade ett av de mycket viktiga dokumenten med det känsliga innehållet försvunnit. Ingen visste var det fanns. Det enda man misstänkte nu var att forskningsprotokollet kommit i obehöriga händer och att det sannolikt var på väg söderut i en svart amerikansk van.

Dörren till labbet där Ali och Daniel vistades öppnades bryskt. Leveransen var här. En större låda var placerad på en varuvagn som fördes in till labbet. Ali lyfte på locket och det han såg framför sig skrämde honom till en början, men han var ändå nöjd med resultatet. I den svala lådan låg de åtta huvuden som hade avlägsnats ifrån sina kroppar av Sergej. Ali ignorerande detta känslomässigt, men förstod att de tillhörde några av de mest kriminella hjärnorna i Moskva.

Efter det att Sergej hade mer eller mindre avrättat assistenten hade han omedelbart kontaktat Rolf Hassan, den så kallade forskningsledaren för det underjordiska labbet som var styrt av GRU. Rolf hade gett order om att man på labbet genast skulle isolera en specifik del av de här kriminella personernas hjärnor, en del som han kallade Dorsolateralaprefrontalacortex (DLPFC). Detta område av hjärnan skulle noggrant tas ut på vänster sida och sedan var meningen att man skulle utvinna dopaminet.

– Vi kör in det här i kylrummet omedelbart och inväntar vidare instruktioner ifrån Rolf, sa Daniel.

Man väntade spänt på fortsatta instruktioner och visste att morgondagen skulle bli mycket intressant.

Den så kallade forskningsledaren hade nu samlat sitt forskarteam i det mörka kontoret som låg i den gamla anläggningen. Verksamheten hade redan grundats av KGB efter andra världskriget i syfte att framställa kemiska vapen. Efter det kalla krigets slut hade GRU tagit över ansvaret och där framställdes bland annat det fruktade vapnet Nowy Chock. Detta hade bland annat använts mot personer som var politiskt obekväma och användes utan skrupler även utomlands mot ryssar bosatta i t.ex. England, Frankrike samt Tyskland.

– Hör nu upp, allihopa! Framför er ligger en beskrivning på protokollet som ska medföra att vi utvinner rent dopamin från dessa kriminella hjärnor! kommenderade Rolf.

På väggen visades en diabild av en hjärna som nyligen skurits ur skallen på en av de kriminella från mc-gänget. Kort därefter visades en ny bild där man hade ringat in området DLPFC och exakt påföljande instruktioner hur man varsamt skulle frigöra området och utvinna dopaminet. Forskarteamet bestod även av två kineser vid namn Ding Xiao Ping och Tjin Jon Un, varav den sistnämnda hade lyckats fly ifrån den nordkoreanska diktaturen till Kina. Där hade han bott i ett tiotal år, men sedan lyckats ta sig över gränsen till Ryssland.

Man hade noga sett till så att de två kineserna talade flytande ryska och var uppdaterade i hur man förde vetenskapliga protokoll.

– Vi har bara en ytterligare fråga, sa Tjin.

Kapitel 10

Heinz Auchmann, 67 år, pensionerad tysk kriminalkommissarie med ett flertal internationella uppdrag. Bland annat var han involverad i en omtalad diamant- och guldsmuggling i centrala Afrika, där han själv lyckades göra sig en stor förmögenhet, sannolikt inte helt på lagliga grunder. Heinz levde nu i ett stort palats utanför Berlin med tillgång till chaufför, trädgårdsmästare och dessutom en egen pilot som ofta och gärna styrde hans privata jet dit han ville. Heinz var en gemytlig man, storvuxen och log ofta, vilket avslöjade hans mellanrum mellan tänderna. Han var medellång med en förvånansvärt bra hållning och såg ung och jovialisk ut. Trots sin ålder hade han inte ett enda grått hårstrå. Heinz var klädd i en enkel t-shirt, jeans och gymnastikskor.

Klockan var nu sent på kvällen då det hade varit svårt att hitta Heinz bostad. Bostaden låg ett par mil väster om Berlin.

– Välkomna till min enkla bostad, sa Heinz och log brett.

Gert-Inge förklarade situationen noggrant för Heinz och man spelade också upp den ljudfil som Beatrice lyckats spela in på sin telefon. Efter enbart ett par minuter förklarade Heinz att det här handlade om tjetjenska soldater med uppdrag för den livsfarliga Wagner-gruppen. En känd elitstyrka på hemliga uppdrag runt om i världen där uppdragsgivaren var den nu mycket omtalade och hatade diktatorn i Moskva vid namn Vladimir Mokolow. Heinz menade att man skulle vara mycket nöjda att man inte hade blivit mer tilltygade eller skadade av dessa ytterst farliga soldater. Gert-Inge förklarade dock för Heinz att det var ytterst viktigt att kassetten med det hemliga dokumentet hittades och kom tillbaka till kliniken då det annars i orätta händer skulle kunna orsaka stor skada. I vissa forskningsrapporter på råttor uppstod misstanke om att vid höga doser av ämnet blev råttorna ytterst aggressiva och fick en oförklarlig kroppsstyrka, vilket skulle kunna användas felaktigt på ett sätt där soldater skulle kunna bli oregerliga, farliga och svåra att styra. Heinz föreslog därför att man skulle genomgå en kortare utbildning för att kunna lära sig hantera handeldvapen. Detta gällde alla i gruppen, från Clara till Kerstin och även Beatrice och Gert-Inge.

Samtidigt såg nu Gert-Inge en signal ifrån spårsändaren. Denna var nu mycket svag, men tydlig nog. Han vände sig mot Heinz och berättade vad han såg.

Det var uppenbart att bilen var på väg mot södra Europa, kanske skulle den till Italien.

Heinz kastade sig på telefonen och kontaktade sin italienska vän vid namn Alberto Benedetti. Alberto svarade omedelbart och Heinz gav honom instruktioner om att bevaka den stora Dodgens eventuella ankomst via sina kollegor. Alberto Benedetti var kommissarie i Venedig och arbetade framförallt med internationella brottsärenden.

Gert-Inge kom samtidigt på att den stora Dodgens registreringsskyltar var italienska. Det var nu klart och tydligt att bilen kom från Venedig.

– Vi saknar ju de övriga substanserna som är viktiga för att tillverka produkten. Var får vi tag i dem? frågade Tjin.

– Det där har ni inte med att göra! Ni ska bara utföra order och göra ert arbete och inte vara så frågvisa! utbrast Rolf barskt.

De bägge kineserna flämtade till och böjde sina huvuden. De blickade bort mot väggen.

Rolf litade fullständigt på Tina, men hade samtidigt en obehaglig känsla att hon kunde vara opålitlig i vissa sammanhang. Trots allt hade hon missbruk av cannabis och vodka, men när Tina var nykter fungerade hennes hjärna oerhört skarpt och hon visste vad hon gjorde och vad hon pratade om. De två ämnena theanin och peptas skulle tillföras kemiskt i ett provrör till de kriminellas dopamin. Leveransen var inte långt borta.

– Nu lyssnar ni alla på mig! Min hemliga kontakt säger att vi kommer att få leveransen sent ikväll, eventuellt vid midnatt. Då kommer vi att omedelbart sätta igång! kommenderade Rolf.

Samtidigt, ett tiotal kilometer söder om Moskva vid floden Volga, satt Tina otåligt och väntade i sin gamla rostiga Lada. Tina var klart påverkad utav sitt tidigare cannabisintag, men hennes mentala kapacitet var så stor att hon ändå hade full kontroll över situationen.

Plötsligt såg hon de två efterlängtade ljusen i backspegeln. En större militärliknande truck bromsade in med gnisslande ljud. Ut hoppade en yngre man som gick med fasta och snabba steg mot Ladan. Han knackade försiktigt på sidorutan och Tina vevade ner fönstret.

– Leveransen är här, svarta änkan, sa mannen.

– Lägg den i bagageluckan, svarade Tina.

Tina observerade hur de två männen tog med sig en större behållare som såg ut som en frysbox. De placerade boxen i bagageluckan i Ladan och Tina hoppade ut snabbt och lätt trots sin krumma figur. Hon öppnade snabbt locket för att kontrollera innehållet.

– Det här blir bra, grabbar, här är eran ersättning! sa Tina som samtidigt sträckte fram en påse som innehöll ett antal amerikanska dollar.

Därefter körde hon snabbt in mot det hemliga labbet.

DEL 2

Kapitel 1

Heinz visade runt Gert-Inge och hans team i sin enorma villa som bestod av 6 sovrum, 4 vardagsrum, ett stort kök användbart för mer än 40 personer samt 3 stora konferensrum. I ett av konferensrummen närmade sig Heinz en bokhylla som tillhörde hans bibliotek av storleken större. Han avlägsnade från ett hyllplan tre uppslagsverk som blottade en skärm. Snabbt och vant tryckte han sin högra handflata mot skärmen och slog en sexsiffrig kod. Bara efter ett par sekunder gled den ena bokhyllan åt sidan och blottlade ett stort rum som upplystes automatiskt av ett flertal spotlights. Därinne kunde Gert-Inge och de övriga se en stor vapensamling – allt från AK-47:or, granatkastare till handeldvapen. Bland handeldvapnen fanns exempelvis Luger 9 mm, Walther 9 mm och Berettas. Med stor vana rörde sig Heinz i rummet och sträckte fram en pistol till Gert-Inge. Därefter fick de andra i teamet varsin.

– Följ efter mig! Vi ska till ett annat rum, sa Heinz.

Kort därefter hade man nått den stora villans källare, där Heinz tände ljuset som snabbt uppenbarade en skjutbana av högsta klass. Med hjälp av säkerhetsanordningen som behövdes instruerade Heinz effektivt Gert-Inge, Clara, Kerstin och Beatrice. Lektionen var med så pass hög klass så att under sena kvällen och natten hade man fått godkänt av Heinz att använda vapnen och fick dessutom skyddsutrustning i form av skyddsvästar, pepparspray och handklovar. Vad gällde den fysiska kapaciteten för medlemmarna fick denna komma i andra hand då ingen utav teamet uppfattades att ha sämre kondition än medelvärdet.

Fortfarande i en helt annan del av världen:

Ding och Tjin satt försjunkna vid forskningsbänken där de nu lyckats isolera de viktiga delarna utav hjärnorna från de kriminella mc-medlemmarna.

– Ta fram instrumenten! sa Ding på kinesiska.

– Okej, chefen! Det ska jag göra! Vad behöver vi? frågade Tjin med en tydlig koreansk accent.

– Ta fram skalpellerna och peangerna! upprepade Ding.

– Okej, behövs det också kolvar och lösningsmedel? frågade Tjing.

– Helt rätt! svarade Ding.

– Vi har fått information om att Tina är på väg med substraten för att kunna tillverka den viktiga produkten L-dtp 64a1, sa Rolf.

Rolf satt precis i närheten av de två verksamma kinesiska labbassistenterna.

Det bankande hårt på en av ytterdörrarna till anläggningen. De hörde tre knackningar och därefter två till. Det var den kodade signalen. Rolf förstod att det var Tina och tryckte på knappen under bordet och dörren öppnades. I kameran kunde man dessutom se henne i slussen. Rolf tryckte ytterligare på en knapp och Tina kom in i hisshallen. I handen höll hon en frysbox.

– Leveransen är här, grabbar! utbrast Rolf med ett glädjetjut. Rolf fortsatte:

– Låt oss sätta igång omedelbart!

Han gick ut i labbet och observerade att de två kineserna

redan var i full gång med att isolera det område som han kallade för Dlpfc.

– Utmärkt, chefen! Vi behöver dock mer lösningsmedel för experimentet och dessutom en hel del koksalt, svarade Ding.

– Det blir en enkel match, detta ordnar jag omedelbart! ropade Rolf.

Tina kom hastigt ut från hissen med leveransen. Hon tog med sig frysboxen in till Rolfs kontor och slog sig ner i stolen.

– Det här ser mycket spännande ut. Jag får se vad vi har i lådan, sa Rolf.

Tina, som hade satt sig ner i stolen, lutade sig pustande framåt.

– Så törstig man blir av allt detta flängande! Finns det någon vodka att dricka? frågade Tina samtidigt som hon rotade i sin kappficka, uppenbarligen för att tända en joint.

– Stopp! Det här är en seriös arbetsplats, här dricker vi varken alkohol eller röker på! utropade Rolf.

Tina tittade besviket bort samtidigt som paketet med tobak återfördes med viss tveksamhet till hennes vänstra kappficka.

Flämtande och med andan i halsen kom Tjing inrusande i kontoret och utbrast:

– Vi har ett nytt problem! Det verkar som att leveransen är alldeles för liten och att vi kommer ha svårt att kopiera substansen Lthanin.

Rolf, som precis tagit upp sitt checkhäfte för att skriva ut en större summa rubel till Tina, blev plötsligt tveksam. Han drog tillbaka checkhäftet och stirrade på Tina.

– Kan du förklara det här, Tina, vad har hänt? frågade Rolf undrande.

Tina tittade mållöst ner på sina skor.

Kapitel 2

I gryningen nästa dag tog sig fem gestalter i skydd av mörkret till den väntande chauffören som skulle ta dem till Heinz privata jetplan, av modell Boeing Business Jet 3. Ett plan värt nästan en miljard kronor. Snabbt steg man på planet och intog sina platser. Kabindörren till planet stängdes och piloten frågade Heinz:

– Vart ska vi åka?

Heinz gav genast instruktioner om att piloten skulle informera flygledartornet att planet skulle taxa ut och lyfta mot San Marcus flygplats utanför Venedig.

Kort därefter befann man sig på tiotusen meters höjd, flygturen var mycket behaglig och den höga lyxen i kabinen gjorde så att resan blev snabb och lustfylld. Stämningen var på topp trots det okända uppdraget och vad som skulle kunna hända framöver. Egentligen skulle ju allt kunna hända, vilket oroade dem och inte minst Gert-Inge. Heinz förklarade att planen nu var att snabbt komma i kontakt med kommissarie Benedetti som var chef för den internationella polisstyrkan i Venedig.

Med hjälp av planets förstärkningssändare fick man nu hjälp att identifiera spårsändaren från kassetten och GPS-koordinatorerna visade nu klart och tydligt närmast på platsen att medlemmarna från Wagner-gruppen befann sig i centrala Venedig. Heinz kontaktade Benedetti som fick den digitala informationen och nu tydligt kunde avslöja att tjetjenernas högkvarter inte var långt ifrån suckarnas bro.

Sergej vaknade med en kraftig huvudvärk. Han hade aldrig haft så mycket pengar och firandet på den välkända bordellen i centrala Moskva tillsammans med både vodka och kokain gjorde att han nu inte mådde särskilt bra. Vårsolen sken rakt i ögonen på Sergej genom det smutsiga och gardinlösa fönstret i hans gamla lägenhet. Bredvid honom låg en betydligt yngre kvinna som han inte visste namnet på och liksom han själv var hon naken, hon såg inte ut att vara en dag över 18 år. Sergej frågade sig själv hur detta hade gått till och förvisso var han en yrkesmördare, men i det här fallet borde han ha haft mer skam i kroppen.

Detta var något han saknade.

Sergej reste sig försiktigt upp för att inte väcka flickan och tog sig in i sitt enkla kök för att göra sig en kopp kaffe. Köket var stökigt och han såg nu att det stod en hel del flaskor på diskbänken som han antagligen druckit upp själv.

Hans telefon som låg på köksbordet surrade till och han såg att det kommit ett meddelande från Ali. »Möt mig vid Krim-bron klockan 20.00 ikväll. Det är viktigt. Vi ses då.«

Sergej tittade besviket på mobilen. Han hade tänkt att festa loss ytterligare en kväll, men han visste att det här var ett viktigt uppdrag. Dessa liksom tidigare hade renderat honom mycket cash.

– Hej då! Vi ses kanske igen. Detta var ju trevligt, sa den unga flickan ifrån korridoren samtidigt som hon gav sig iväg.

– Vänta, jag ska öppna dörren till dig! ropade Sergej.

Sergej gick emot henne och gav henne en flyktig kyss på kinden samtidigt som han tog hennes hand och gav henne en sedelbunt.

Flickan gav sig hastigt iväg utan att säga något ytterligare.

Sergej stängde dörren tyst efter henne.

Trots att våren hade ankommit tidigt låg det som en dimma över Volga-floden.

Under lampskenet stod Ali och väntade. Sergej kände igen Alis gestalt på avstånd och gick med bestämda steg mot honom.

– Bra att du kunde komma, Sergej. Du har ett nytt uppdrag, sa Ali.

Sergej stelnade till när Ali lyfte sin högra hand och förde den innanför sin rock, trenchcoat av modellen äldre. Ali tog ut ett större fotografi av ett härjat och slitet ansikte med flera ärr på sig där man också tydligt såg att personen saknade en del tänder.

– Tina Timoshenka! utbrast Sergej, vad vill du henne?

– Hon måste elimineras! kommenderade Ali. Hon har blivit en stor belastning för oss. Hennes kontinuerliga missbruk är dessutom en fara för våran verksamhet.

Sergej tog emot fotot och stoppade det i fickan. Han gick snabbt därifrån.

Sergej misstänkte att det var kvinnan som hade lämnat över pengar till honom, men då hon hade haft en luva på sig och täckt sitt ansikte så hade han aldrig identifierat henne.

Nu visste han hur hon såg ut.

Med ett snett leende lämnade han hastigt Ali.

Kapitel 3

– Benvenuti a Venetzia!

I hangarens öppning anades gestalten av en mycket lång man som med snabba steg kom emot teamet som precis hade gått av det supersnabba jetplanet. Mannen var lång och mycket välklädd. Man anade att han möjligen var i 60-årsåldern men såg mycket yngre ut.

Benedetti talade bra engelska, dock med tydlig italiensk brytning.

– Jag har fått fullödig information från min bästa vän Heinz som jag har arbetat med många år i Afrika. Ni måste veta att dessa mörkklädda män som ni visade mig är ytterst vältränade och kan utföra dåd i smågrupper. Som innebär omedelbar död för den som drabbas. Jag har hört att ni har fått viss utbildning utav Heinz i hans bostad i Berlin, men denna är inte tillräcklig.

Ni får följa med till mitt högkvarter så tränar vi där på lika villkor oavsett man eller kvinna.

Teamet var med på denna information och spänningen ökade nu markant. Förväntningen var att inom loppet av några dagar skulle man kunna återbörda kassetten tillbaka till kliniken i Malmö och i lugn och ro kunna fortsätta sin studie.

Gruppen gick efter Benedetti till hans högkvarter som låg intill Piazza San Marco. Inuti högkvarteret fanns en stor träningssal där Gert-Inge, Clara, Kerstin och Beatrice fick lära sig grunderna till lättare japansk kampsport och försvarsteknik. Samtliga medlemmar var ju så exalterade, vilket innebar att de snabbt och effektivt lärde sig grunderna.

Senare på kvällen när alla hade duschat och bytt om träffades man i baren och tog en drink.

Gert-Inge tänkte då plötsligt på Carl-Gustaf och Walter och hur det hade gått med kliniken i Malmö. Gert-Inge slog en snabb signal till Walter som svarade och meddelade att verksamheten på kliniken var under kontroll, men att man hade fått återkoppla till en del av försökspatienterna att de var tvungna att avvakta vidare instruktioner ifrån studien. Carl-Gustaf som fanns med på högtalare bekräftade Walters information och gav Gert-Inge lugnande besked att allt på mottagningen nu var under kontroll.

Tina steg ut ur hissen från det mörka och smutsiga labbet utanför Moskva.

Mötet med Rolf hade gått snett. Tina hade bara fått en bråkdel av det förväntade gaget. Naturligtvis ville hon inte avslöja att hälften av de pengarna hon fått för att köpa substanserna till produktionen av Ltdp64a1 hamnat i hennes egen ficka. Trots allt var hon ju faktiskt tvungen att underhålla sitt missbruk, vilket inte var helt gratis.

Med snabba steg gick Tina i mörkret till sin gamla rostiga Lada. Bilen startade efter ett par försök och hon gav sig ut på gatorna i Moskvas mörker och tänkte först att hon skulle åka hem för att fundera över saken. Tina, som egentligen hade en slipad hjärna om hon inte ständigt hade varit beroende av cannabis och vodka, märkte snabbt att någon skuggade henne. Det var ett ljus som ihärdigt följde efter henne på den relativt långa vägen hem.

Det måste vara en motorcykel av modellen tyngre, tänkte Tina för sig själv.

Sergej satt på sin Kawasaki modell z750.

Han var glad över motorcykeln som han skaffat med hjälp av blodspengarna. Den följde mjukt vägens konturer och han hade inga som helst svårigheter att följa efter den gamla rostiga Ladan. Trots mörkret hade han lyckats känna igen hennes ansikte som han jämförde med fotot han hade fått av Ali uppe på bron några timmar innan. Sergej hade skarpa ögon.

Instruktionerna hade varit precisa. Hans uppdrag var nu att eliminera Tina innan gryningen.

Plötsligt gjorde Ladan en häftig gir åt höger och lämnade huvudstråket och svängde in i ett litet kvarter med smala gator. Sergej var inte beredd på detta och hade riskerat att ramla av motorcykeln eller krocka om han följt efter i den hastiga svängen. Sergej var nu tvungen att ta till höger in i de skumma kvarteren. Hade han tappat bort henne? Tina kunde inte vara långt borta.

Han släckte lyset på motorcykeln för att inte avslöja sig om ifall Tina skulle visa sig.

Försiktigt parkerade han motorcykeln och låste den med styrlåset enbart. Därefter gick han tillbaks till avtagsvägen han först hade missat och försökte lista ut vart hon eventuellt hade tagit vägen.

Plötsligt tändes ett par strålkastare och bilen körde med hög hastighet rakt emot honom. Sergej kastade sig åt sidan och klarade sig nätt och jämnt från att bli påkörd. Han hann se med en snabb blick att det var den rostiga Ladan.

– Satans jäklar! utbrast Sergej.

Det var hon. Tina, den förbannade satmaran.

Snabbt sprang han tillbaka till sin motorcykel, men blev förvånad då den inte stod kvar.

Den var borta.

Sergej märkte inte den röda laserpunkten som var riktad mot hans vänstra bröst. En dov duns hördes och kort därefter föll Sergej till marken.

Kapitel 4

Tidigt nästa morgon begav sig gruppen i väg mot suckarnas bro. Man delade upp sig i två mindre lag, där det ena leddes av Heinz och det andra av Alberto. Tanken var nu, eftersom byggnaden där man förmodade att Wagner-gruppens medlemmar befann sig, hade två ingångar – en på baksidan och en på framsidan. Uppgiften var nu att inte attackera, men bevaka vad som eventuellt kunde ske. Mycket riktigt – klockan 04.55 hördes agiterande röster inifrån byggnaden. Trots den tidiga morgonen kunde man höra den upprörda konversationen på tjetjenska. Ljuset släcktes, dörrar small igen och tunga fotsteg hördes.

– De är tungt beväpnade, sa Benedetti.

Gruppen och Benedetti befann sig bakom en större skåpbil, väl gömda i mörkret. Alla var nu klädda i mörka gymnastikkläder och hade svarta sportskor. Bara efter fem minuter efter det att ljuset släcktes öppnades den tunga porten på framsidan och de fyra männen gav sig hastigt iväg i den svarta Dodgen. Spårsignalen, som naturligtvis nu var mycket stark och kopplad till Gert-Inges GPS i mobilen, avslöjade att de var på väg mot hamnen.

– Det är inte så långt här ifrån! Vi kan säkert komma ifatt dem om vi går till fots den här vägen, sa Benedetti.

Då gänget nu var relativt vältränat följde man efter Benedetti med snabba steg som kände till alla genvägar i de trånga venetianska gränderna.

Tina var förbannad. Hon stod i sitt kök och läste upp meddelandet på sin telefon som var skickat ifrån hennes livvakt. »Grisen är slaktad.«

Tina log för sig själv och tänkte:

– Bra. Ett problem ur världen. Den där Rolf Hassan ska få sota för det han försökt med. Jag ska visa honom att jag inte är att leka med.

En kodad knackning hördes lätt på Tinas dörr. Hon visste redan vem det var.

Hon öppnade säkerhetsdörren med de sju låsen och säkerhetskedjan.

– Kom in, Gregory! Du är efterlängtad, sa Tina.

Gregory Kadyrvow var en före detta GRU-spion som legat i hårdträning de 5 sista åren i Tjetjenien. Han var släkt med den nuvarande presidenten där. Gregory kände väl till det ryska underrättelsesystemet.

– Jag tror att jag precis varit nära att bli utsatt för ett attentat utav en av Rolf Hassans mannar. Jag lyckades dock undfly. Pjotr lyckades avsluta honom, sa Tina.

– Mycket bra! svarade Gregory. Vad blir nästa steg? frågade han Tina.

– Du med hjälp av dina kontakter skall försöka få tag i Wagner-gruppens ledare. Jag tror att vi får försöka stjäla grundsubstanserna från Union Medical SpA Neuroscience, du vet det där kända labbet som ligger i Ukraina någonstans, svarade Tina.

– Du har väl bra kontakt med Jevgenij? frågade Tina.

– Självklart har jag det. Han är ju en av min fars närmaste män, svarade Gregory.

– Mycket bra! utbrast Tina.

– Hade han inte också ett nära samarbete med Olga? frågade Tina.

– Ja, jag vill minnas det, svarade Gregory.

– Vad är din plan? frågade Gregory.

– Jag tror att du och jag måste sätta oss ner och smida våra planer i lugn och ro. Någonting radikalt måste göras, svarade Tina.

– Vad gör vi med Hassan? frågade Gregory.

– Han måste vi självklart eliminera! svarade Tina barskt.

– Har du, Gregory, kvar din speciella hitman? frågade Tina.

– Ja, det har jag, men det kommer att kosta dig! svarade Gregory.

– Jag förstår det, jag kommer att hosta upp pengarna inom några dagar, svarade Tina.

– Jag kommer att betala i amerikanska dollar, tillade Tina.

– Bra! svarade Gregory samtidigt som man hörde ett hårt bankande på ytterdörren.

Kapitel 5

Carl-Gustaf sträckte sig mot datormusen och stängde i vanlig ordning av sitt digitala hjälpmedel.

Han tyckte själv att han hade gjort ett gott dagsverke och börjat komma in i de vanliga arbetsrutinerna trots allt det som hänt nyligen. Det kändes skönt att komma tillbaka i de normala rutinerna. Det var nu fredag eftermiddag och denna arbetsvecka hade förlöpt relativt snabbt.

På väg till toaletten mötte han chefspsykologen Walter.

– Vad har du för dig, CG? Ska vi kanske ta ett glas? frågade Walter.

Carl-Gustaf svarade utan dröjsmål:

– Det tycker jag absolut! Men jag måste först kontakta min hustru Fia och berätta att jag kommer hem senare.

Bara en kvart därefter stod de i baren i den välkända irländska puben Fegans. Carl-Gustaf smuttade på en vanlig lager och Walter hade beställt in en lite starkare dryck – en gin och tonic med mycket is.

– Vad trevligt att vi kunde ses såhär! Egentligen var det ju längesen vi pratade allmänt om vårat arbete på kliniken. Vad tycker du om det som har hänt? frågade Walter.

Carl-Gustaf svarade:

– Katastrofalt! Aldrig i hela mitt liv skulle jag kunna tänka mig att något sådant skulle kunna hända vare sig mig eller min arbetsplats. Jag tycker att det är bra att vi har hållit det inom mottagningens väggar med tanke på detta högriskprojekt Gert-Inge satt igång. Jag varnade honom för flera år sedan innan vi startade att det kunde bli fara å färde. Redan innan substansen skulle prövas hade den ukrainska forskargruppen noterat att de råttor i forskningslabbet som fått alldeles för höga doser av vårt ämne blev oregerligt aggressiva och uppvisade en onormal muskelstyrka. Att den ukrainska forskargruppen med Igor Modgorov i spetsen inte reagerade på detta ovanliga beteende är märkligt. Jag förstår att ämnet i sig var lockande att framställa och pröva på människor eftersom det uppenbarligen har en botande effekt på planetens mest allvarliga sjukdomar – Alzheimers.

– Ja! Jag håller helt med dig. Men vi får ju inte glömma att gruppen i Lund erhållit ett enormt gage från företaget som finansierar studien och som senare sannolikt kommer att söka patent på ämnet, svarade Walter.

Kvällen hade nu övergått till tidig natt. De bägge männen var glada och påverkade av sina drycker. Man hade haft en trevlig konversation, arbetskollegor emellan. Carl-Gustaf tittade på sitt armbandsur av märket Breitling och brast ut:

– Oj! Är klockan så mycket? Nu måste jag hem till Fia så hon inte blir allt för orolig.

De bägge männen skildes utanför Fegans. Carl-Gustaf gick med raska steg mot fyrans buss på Gustav Adolfs torg och Walter med något vingliga steg promenerade nu mot stadens mindre beryktade stadsdelar. Han hade ett märkligt leende på läpparna.

Ett hårt bankande hördes från labbets sekretessdörr som också fungerade som en flyktväg. Kort efter att Sergej fallit till marken hittades han av Boris Krutov. Även denne en hitman och livvakt som hade fått order av Rolf Hassan att bevaka Sergej efter order, man bevakade Sergejs arbete och om det hade utförts korrekt. Vaktpersonal närmade sig snabbt säkerhetsdörren och öppnade den komplicerade låsmekanismen. I kameran hade man sett Boris som stöttade upp den långe Sergej. Dörren öppnades och vaktpersonalen blev chockade då de såg hur skadad Sergej var. Han hade en uppenbar skottskada i vänster skuldra och ett kraftigt jack över vänster tinning där han hade slagit i trottoarkanten. Sergej var knappt vid medvetande och stöttades till fullo av Boris.

– Ta honom till undersökningsrummet omedelbart! skrek Rolf Hassan i bakgrunden efter att ha sett Sergejs dåliga tillstånd.

Vaktpersonalen hjälpte till att släpa Sergej genom korridoren som ledde in till behandlingsrummet där han fick ligga på ett bord av rostfritt stål.

Sergej kopplades upp till en övervakningsapparatur. Ding och Tjing fick uppdraget att undersöka Sergejs tillstånd då de bägge hade en utförlig sjukvårdsutbildning från sitt hemland.

– Blodtrycket är 60/40 mm Hg! Han måste få vätskedropp! utbrast Ding.

– Det ordnar jag! svarade Tjing och kort därefter var Sergej uppkopplad till en påse Ringer-Acetat-lösning som hängde över honom. Gradvis sjönk pulsen och blodtrycket steg.

– Klipp upp jackan på vänster sida. Han har en skottskada, det ser ut som att kulan sitter kvar, sa Ding.

– Var kan jag hitta den smärtstillande sprutan? frågade Tjing.

– Titta i skåpet ovanför bänken, svarade Ding.

Detta gjorde Tjing och hittade injektionssprutan och lösningen för morfinet som han behövde.

Endast ett stön och ett flämtande ljud hördes ifrån Sergej när han fick morfinsprutan injicerad inte lång ifrån sin skottskada.

– Ge mig rondskålen med peangen och skalpellen, sa Ding.

– Här är den! svarade Tjing.

Ding, som hade varit sjukvårdspersonal i det militära Kina, öppnade såret där kulan hade trängt in.

– Satan! ropade Ding på kinesiska. Det är en splitterkula och den har gått sönder i flera delar inuti köttsåret. Vi måste ta bort allt splitter.

Vant satte Ding igång efter att ha öppnat såret ordentligt med skalpellen. Efter ett par timmars arbete hade han lyckats avlägsna alla metallbitar ifrån Sergej. Han hade flyttats över till en sjukhussäng i ett närmast utslaget tillstånd. Frågan var nu om han skulle kunna röra sin vänstra arm igen. Detta var oklart. Sergej fick nu vara ensam i rummet tillsammans med en kvinnlig vaktpersonal.

Rolfs min var bister. Han satte sig vid kontorsbordet tillsammans med de andra och funderade på om man skulle aktivera en större styrka ifrån GRU för att definitivt göra sig av med Tina.

Kapitel 6

Inte långt ifrån hamninloppet och Venedigs västra pir samt i närheten av Sankt Marcus-platsen, gömde sig de fyra medlemmarna ifrån Malmö tillsammans med den pensionerade tyska kommissarien Heinz och den högst aktive och framfusiga italienska kommissarien Alberto. Man såg nu de fyra mörkklädda männen med de uppenbart tunga sportbagarna hastigt bege sig mot en av hamnens snabbaste motorbåtar. Det rörde sig om en lyxmotorbåt av märket Lamborghini Super Speed Deluxe med två tolvcylindriga Lamborghinimotorer, en båt som kunde komma upp i 60 knop. En värstingbåt värd flera miljoner kronor. Heinz viskade i Benedettis öra:

– Det här blir inte lätt. Hur ska vi kunna komma ifatt dem?

Alberto svarade prompt:

– Jag har en idé. Polisen äger en båt som är nästan lika snabb och jag tror att vi kan hitta den inte så långt härifrån. Vi behöver bara hålla utkik åt vilket håll de färdas.

Alberto tog upp sin polisradio och kontaktade bevakningsstyrkan vid polishuset inte långt ifrån södra utloppet av Canale Grande. Efter enbart fem minuter kom ett besked att båten var tillgänglig bara ett par hundra meter ifrån dem. Med snabba steg tog sig medlemmarna till kaj 55B och hoppade i båten, en Riva-Ferrari 32 med fyra sex-cylindriga Ferrari Testarossa-motorer. En båt med möjlighet att nå ända upp till 55 knop. Det som man nu hade noterat var att tjetjenernas båt hade rikligt med reservdunkar fyllda med båtbränsle. Uppenbarligen visste Benedetti att båtarna konsumerar mycket bränsle och därför hade man också laddat upp med ett flertal dunkar i Riva-Ferrari båten.

Med mullrande motorer startade Lamborghini-båten från sin kajplats och lämnade hamnområdet. Benedetti tog med bestämda handlag tag i gasreglaget på Riva-båten och följde efter. Man förstod dock att man var tvungen att hålla avstånd för att inte bli upptäckta.

– Se här! Spårsändarens signal är mycket stark! Det måste betyda att de har våran kassett med det hemliga dokumentet i deras båt! utbrast Gert-Inge.

– POLIS! RAZZIA! ÖPPNA DÖRREN! ropades det utifrån den tjocka säkerhetsdörren.

Tina och Gregory frös till is. Goda råd var nu dyra.

– Följ efter mig. Vi får ta reservutgången, viskade Tina till Gregory.

Inne i det smutsiga köket fanns ett städskåp. Tina drog det häftigt mot sig och en öppning till ett mörkt rum uppdagades. Tina sträckte sig efter kontakten till lyset och i det svaga lampskenet skönjdes en metalltrappa som antagligen funnits där sedan den tiden det användes utav kriminella för att kunna fly ordningsmakten. Samtidigt som Tina och Gregory dragit igen dörren som gick ända fram till trappavsatsen hördes ett kraftigt brak och högljudda röster skrek närmast samtidigt:

– Här finns ingen! Leta efter dem! Se om ni kan hitta något material! hördes det ifrån en kraftig mans stämma.

Tina och Gregory tog sig hastigt ner ifrån trappan tills de kom ner till ett tunnelliknande rum som i stort sett var mörklagt. Längre fram syntes en liten ljuskälla.

– Här! viskade Tina på nytt. Ser du dörren där framför dig, Gregory? Vi ska ta oss dit.

– Är de verkligen ifrån polisen? frågade Gregory.

– Det tror jag absolut inte, svarade Tina. Det måste vara Rolfs mannar. Han är desperat nu. Rolf vill till varje pris se min död.

De smög sig med lätta steg till den tvådelade porten. Denna var låst på insidan. I samma sekund som Gregory försökte öppna låsmekanismen slets dörren upp med ett ryck och det bländade ljuset var outhärdligt.

– Vad fan! Vem är det här? utbrast Tina med låg stämma riktad mot Gregory.

Vän eller fiende?

Kapitel 7

Walter satt på sin bastanta stol i sitt kök framåtlutad. Han var blek och illamående. Walter hade nu kommit hem till sin enkla tvåa på Köpenhamnsvägen. Natten hade varit hård och han hade druckit för mycket. Trots att klockan var 4 på eftermiddagen kände han sig fortsatt bakfull. Han hade druckit en hel del vatten, men det hade inte hjälpt mot baksmällan.

– Det här är din första leverans för det utförda arbetet. Resten får du när arbetet är slutfört.

Framför honom satt Rita Gustavsson, väninnan som han hade tillbringat natten med, en 40-årig kvinna som kommit till Sverige kort efter att kalla kriget tagit slut. Kvinnan var från Moskva, men hade i många år bott i Grozny, Tjetjenien.

Det som ingen visste var att Walter talade flytande ryska. Personen framför honom hade han lärt känna under sin tid som student i Moskva med avseende på industriell psykologi.

Walter, som sedan länge var svag för alkohol och kvinnor och således i ständigt behov utav pengar, hade för ett tag sedan blivit kontaktad av Rita som han nu visste hade en hög position i GRU, den ryska spionorganisationen, samt var insyltad i Wagner-gruppens aktiviteter. Walter hade inga som helst förebråelser gentemot sina arbetskollegor utan tänkte enbart på sig själv i denna situation.

Han tittade återigen på plastkassen på bordet i köket och log snett för sig själv.

Han frågade nu Rita:

– Vad har du för planer ikväll? Det är ju lördag.

Sergej öppnade långsamt sina ögon. Han fick vänja sig vid det starka skenet ifrån taklamporna. Efter ett tag kunde han skönja en välkänd figur framför sig.

– Boris! uttalade Sergej med en svag och tydlig stämma. Vad gör du här?

– Jag är så glad att se dig, kamrat. Glad att du har överlevt det hela. Kinesen har gjort ett bra jobb och sytt ihop din axel, det blev 18 stygn. Inte så farligt va? frågade Boris och log snett.

Boris fortsatte:

– En sak till, Sergej!

– Ja, berätta, vad är det? frågade Sergej.

– Vi hittade din Kawasaki, den låg slängd i en gränd, inte långt ifrån där du blev skjuten, svarade Boris.

– Så bra! utbrast Sergej med en ovanligt klar stämma trots hans dåliga tillstånd.

– Har du tagit med den hit? frågade Sergej.

– Ja! Jag hittade dina nycklar i jackfickan och kunde låsa upp styrlåset. Förutom lite repor och bucklor är motorcykeln som ny, sa Boris.

– Bra jobbat, Boris! Du är en riktig kamrat! sa Sergej högt.

– Jag är glad att du klarade av det och du verkar vara på gott humör, svarade Boris tillbaka.

Bara några kontor längre bort satt Rolf framåtlutad med sina fingrar djupt inborrade i sitt hår. Hans ögon var rödlagda och han hade nu flera dagars skäggstubb. Hans anlete var blekt. Han kände sig smutsig och oerhört trött. Egentligen skulle han ha behövt vila i flera timmar. Det fanns dock ingen som helst tid för det utan nu gällde att åtgärda saker och ting.

– Jäkla knarksubba! Jag måste sätta dit henne! tänkte Rolf för sig själv.

Det var längesen Rolf höll på att tappa kontrollen, men han var nu på god väg. Detta gillade han inte eftersom han normalt sett var mycket självbehärskad.

Han funderade på hur han skulle gå vidare. Han hade ännu inte fått återkoppling till den insatsstyrka han lyckats ordna under relativt kort tid och som han sagt skulle klä sig till poliser och göra razzia på Tinas adress. Han väntade spänt på att få telefonsamtalet.

I samma sekund som han tänkte detta ringde hans telefon. Rolf såg på skärmen att det var Anton Pankin, chefen för insatsstyrkan.

– Vi har ett problem! hörde Rolf, Anton Pankin skrika på andra linjen.

Kapitel 8

Jakten efter Lamborghinibåten fortsatte nu på öppet hav och enligt GPS-sändaren var man inte långt ifrån Dubrovnik. Den fientliga båten var ca fyrahundra till femhundra meter framför dem enligt spårsändaren. Man såg nu att denna saktade in kraftigt.

Benedetti utbrast:

– De har slut på bränsle! Vi stannar båten och tankar vi med. Det måste vara ungefär tio till femton mil kvar till den kroatiska hamnstaden.

Tjetjenernas båt startade med ett muller och satte igång omedelbart, varefter man fick ytterligare ett större försprång. Snabbt hade man nått upp till 60 knop. Ferraribåten följde efter så gott man kunde.

Efter ca 1,5 timmes resa och i skydd av mörkret kom man så småningom fram till hamninloppet.

– Var nu försiktiga och ta på er eran skyddsutrustning. Se också till att era vapen är laddade. Det ser ut som om de har tagit sig in i den gamla medeltida borgen, sa Benedetti.

– Där! utbrast Clara. Jag ser flera mörkklädda män som tar sig upp i trapporna i skydd av mörkret.

Alla hämtade andan och förberedde sig för vad som skulle komma.

Den lilla dörren som Tina och Gregory hade sett på avstånd var i själva verket en tvådelad järnport. Med enorm kraft slogs portarna upp och Tina och Gregory trycktes upp bakom varsin del. I ögonvrån såg Tina sex män med våldsam hastighet kasta sig in i tunneln. Hon kunde snabbt uppfatta att de bar uniformer och att samtliga bar AK47:or i stridsberedskap.

När Tina och Gregory hade fått porten över sig hade manskapet som var ivriga att komma fram inte märkt att de stod bakom porthalvorna.

– Är du okej? Frågade Gregory Tina med ett lågt tonläge.

– Jag är okej. Men jag slog i huvudet kraftigt, tror att jag kan ha fått en bula, svarade Tina.

– Tina! Kan du se eller höra om det finns flera från den så kallade polisstyrkan? frågade Gregory.

Tina tittade genom dörrglipan mellan gångjärnen.

– Jag ser ingen Gregory, kan du se någon? frågade Tina.

– Nej, jag ser inte heller någon härifrån, jag tror att vi drar nu. Vi går åt höger och sedan några kvarter bort finns min bil, svarade Gregory.

Man drog upp kragarna på sina jackor högt och Tina, som hittat sina solglasögon, tog dem på sig och man riktade färden mot Gregorys bil. Man gick med lagom snabba steg för att inte avslöja sig.

– Där! utbrast Gregory. Ser du Audin?

Framför dem stod en splitterny Audi Q7, diesel hybrid. Gregory tog upp nyckeln och avaktiverade med fjärrkontrollen låset till bilen. Samtidigt startade bilen automatiskt. Precis när Gregory och Tina hade satt sig inne i bilen hördes en elektronisk röst:

»Välkomna! Vart ska vi köra?«

– Kör till vårat högkvarter, till Grozny! sa Gregory med bestämd röst.

Kort därefter startade bilen och körde iväg mot den tjetjenska huvudstaden.

Kapitel 9

Ganska snabbt försvann de fyra gestalterna in i mörkret. Man tappade blickkontakten med det som man nu misstänkte var fyra tjetjener sannolikt kopplade till den mycket hemliga, effektiva och militanta Wagner-gruppen. Tack vare spårsändaren och GPS följde nu Gert-Inges team de fyra männen tillsammans med kommissarierna Auchmann och Benedetti. Inte långt ifrån det stora torget i en av Kroatiens mest kända turiststäder hittade man så småningom adressen för det som man trodde var högkvarteret. Det fanns ingen tid att förlora – liksom tidigare delade man nu upp sig i två lag för att kunna bevaka den främre porten, men också eventuella utgångar på baksidan av huset. Våren hade varit ovanligt varm i Medelhavsstaden, vilket innebar att lägenheten man bevakade släppte igenom vissa ljud och meningar på grund av att fönster stod öppet så att man kunde tolka en del utav samtalet som pågick inifrån. Man talade agiterat och högljutt. Det verkade som om de fyra var oense om någonting.

Vid ca halv fem på morgonen öppnades den stora träporten till huset och med snabba steg rörde sig de fyra männen mot torget och närmade sig uppenbarligen Centralstationen.

Mycket riktigt – man köpte snabbt biljetter i luckan i den förvånansvärt moderna tågstationen och gav sig iväg till perrong 4B. Det numera vältränade gänget som förenat sig efter att man bevakat bostaden ställde sig på behörigt avstånd med sikte på perrong 4B. Ett tåg av äldre modell kom kort därefter in på stationen och saktade in med gnisslande ljud. I en av vagnarna som låg i slutet på tåget klev de fyra männen på.

Benedetti sa med andan i halsen:

– Vi får ta en vagn på måfå och se om vi kan spåra männen. Vi får försöka köpa biljetter på tåget.

Beatrice utbrast:

– Vad gör vi om det blir handgemäng på tåget? Hur ska vi då kunna hantera det?

Chefen för insatsstyrkan gormade högt. Rolf fick hålla telefonen på avstånd för att inte få ont i örat.

– Objekten har försvunnit. Lägenheten är tom. Vi har vänt upp och ner på hela bostaden. Vi hittar inget av värde. Du måste höra med din kontakt i Sverige om det finns ytterligare information! gormade Anton.

Utan att svara på vad Anton precis hade sagt slängde Rolf luren i örat på honom istället. Han funderade på sin kontakt i Sverige med täcknamnet Rita Gustavsson. Det var den enda informationen han hade fått ifrån GRU. Han visste att Rita va en toppagent med den bästa utbildningen ifrån Tjetjenien och som hade tät kontakt med Wagner-milisens ledare Jevgenij Puschkin. Rolf var tvungen att instruera henne hur man skulle kunna gå vidare. Men hur skulle han komma i kontakt med Rita? Det var en öppen fråga. Han behövde vila sig först och gick till ett sidorum av kontoret där det fanns en bred säng. Denna säng användes också friskt till andra aktiviteter som Rolf helst inte ville tänka på just nu. Med stapplande steg tog han sig fram till sängen och kastade sig ner med ansiktet först mot huvudkudden. Kort därefter hade han fått besök, det var John blund.

Efter flera timmars sömn vaknade äntligen Rolf och kom på en lösning. Han visste att en av Tjetjeniens presidents närmaste släktingar var dubbelagent och hade arbetat för GRU under många år. Han hade även haft spionuppdrag i väst och senast i Finland. Han letade upp numret och slog in det på sin telefon.

– Gregory, hördes det i andra ändan. Vem talar jag med?

Rolf flämtade till och förstod nu att han hamnat i klistret.

Kapitel 10

Man hade nu tagit plats i en tom kupé väl medvetna om att man inte hade några biljetter.

Efter ca en halvtimmes färd kom en ung kvinnlig kontrollant. Gert-Inge tog till orda och försökte förklara situationen för biljettkontrollanten, att man ej hunnit köpa biljetter. Kontrollanten, som uppenbarligen inte förstod engelska, var helt oförstående, men lyckades förklara att hon skulle hämta en kollega som talade engelska. Tio minuter därefter dök den manliga kollegan upp och man frågade då om det gick bra att köpa biljetterna på tåget. I samma stund frågade Auchmann på en förvånansvärt god engelska:

– Vart går detta tåg?

Det snabba svaret från kontrollanten var:

– Lviv, Ukraina.

Uppenbarligen hade man nu förstått att kopplingen till det initiala forskningscentret för studien av L-TPD64a1 var målet för Wagner-gruppen och att man sannolikt eftersökte ytterligare information för att kunna använda ämnet utifrån ett militärt syfte.

– Det här var inte bra, nu börjar vi förstå vad man tänker använda ämnet till. Var det inte så att i ett fåtal försök där man gett för hög dos så blev råttorna mycket aggressiva och starka, men också fullkomligt omöjliga att avleda? frågade Gert-Inge.

Boris stod bredvid det rostfria stålbordet och betraktade den sovande Sergej. Han hade somnat igen och verkade mycket utmattad. Inte konstigt, tänkte Boris efter allt det Sergej hade varit med om.

En skugga anades i dörröppningen. Det var Rolf.

– Jag har kommit på en lösning, Boris! Vi kan inte räkna med Sergej nu under en längre tid. Du kommer att få ta hand om hans arbetsuppgifter. Du kommer att få besked om vad du ska göra så snart som möjligt. Du kan ta över hans motorcykel eftersom han inte har någon nytta av den.

Boris kände en viss stolthet som värmde i bröstet och sträckte på sig en aning. Han hade väntat på det här tillfället en längre tid. Trots att han var äldre än Sergej var han relativt ny i gamet.

Rolf återvände till sitt kontor och han hade nu fått kontaktuppgifterna till Rita Gustavsson alias Olga Sacharowa. Han kontaktade henne.

– Olga! hördes i andra linjen.

Olga svarade redan på första signalen då hon visste att det var ett viktigt samtal.

– Jag har en uppgift till dig. Jag vet att du har en viktig relation med vår kontakt på kliniken i Malmö. Jag vet att det gör ont, men du måste göra dig av med psykologen. Dessutom misstänker vi att han har gömt den dokumenterade tillverkningsprocessen, som du mycket väl känner till. Jag kommer inte att säga mer, sa Rolf samtidigt som han avslutade samtalet med Olga.

I den andra linjen anades en kraftig anspänning och ett närmast euforiskt tillstånd.

Olga hade fått ett viktigt uppdrag.

Kapitel 11

Igor Modgorow satt insjunken framför sitt forskningsprotokoll som han utvärderat noggrant tillsammans med sin kollega Alexandra Nowitch. Igor, som under lång tid varit forskningsledare för det numera ultramoderna underjordiska labbet inte långt utanför Lviv. Alexranda, som var forskningsgruppens huvudperson, hade även deltagit och startat den numera mycket hemliga men också internationella medicinska forskningsverksamheten där man planerade att tillverka det absolut första läkemedlet i sitt slag mot Alzheimers sjukdom. Företaget, Union Medical SpA Neuroscience, med tät kontakt med professor Pouia Morrisson, en engelsk-iransk stjärnforskare och en av Sveriges och Lunds mest briljanta hjärnor. Var mycket väl medveten om Igors verksamhet. Man hade haft ett långvarigt samarbete på en mycket hög nivå, men på grund av de kända biverkningarna av L-TDP64a1 så hade man varit tvungen att hemlighålla projektet på högsta nivå.

Igor, som var iförd full skyddsmundering i form av labbrock, handskar, munskydd, visir och skydd till håret, vände sig mot Alexandra.

– Titta här, Alex! som Igor kallade henne.

Vi har fått ett meddelande ifrån vårt testcentrum i Malmö. Det inbrott de berättade om tidigare och den spårningssändare de följt leder till oss.

Alex flämtade till:

– Herregud! Vad gör vi nu, Igor? Detta innebär ju att man antagligen på något vis har kunnat spåra vår verksamhet hit. Hur kan detta ha gått till?

Igor satte pannan i djupa veck, vilket Alexandra kunde se igenom hans visirglas. Efter några sekunders eftertanke frågade Igor:

– Kan det finnas en mullvad i vår verksamhet?

Alexandra utbrast:

– Nämen herregud! Det tror jag inte. Vem skulle det kunna vara?!

Kort därefter kom ett nytt meddelande från Gert-Inge.

Gregory avslutade samtalet. Hans min var bister och sammanbiten. Ordern ifrån Rolf var tydlig.

Tina hade inte hört någonting då hon uppenbarligen var utslagen och sovandes med huvudet mot bilens fönsterruta. För säkerhetens skull hade han dock pratat med en låg stämma.

I skenet av strålkastarna såg Gregory stadsskylten Rostov an Don. Han kände igen staden sedan innan. Det var en känd universitetsstad och även en hamnstad som var belägen vid den stora floden Don. Han tänkte för sig själv att det var dags att ta in på ett hotell och fortsätta resan imorgon. Efter en kortare tids sökande hittade han på sin Iphone 14 ett bättre hotell i centrala Rostov. Gregory anlände till hotell Hilton och parkerade sin Audi. Lätt rörde han vid Tina så att hon slutligen vaknade och med mjuk stämma sa han:

– Vi får ta in på hotellet, Tina. Vi får fortsätta resan imorgon.

– Okej, det blir bra för mig. Men jag måste ha mig en bong och ett stort glas vodka. Kan du ordna det? Jag är pank! svarade Tina med en irriterad stämma.

– Ja, klart jag ordnar detta. Du är ju min reskamrat, sa Gregory med en tillsynes varm stämma.

Något senare, efter att man hade parkerat bilen, checkade man in på det 4-stjärniga hotellet. Naturligtvis med falska namn. Man tog sig genast till dubbelrummet.

– Som du förstår så får vi sova i separata sängar! Men det är väl ingen nyhet? sa Gregory.

– Det går bra för mig! svarade Tina korthugget.

Sergej serverade Tina ett stort glas vodka ifrån minibaren samtidigt som Tina tände sin joint. Hon kände sig genast avslappnad och nästan lite uppåt.

Gregory scrollade i sin mobil och funderade samtidigt som han sökte information. I necessären tog han upp apparaten som han avsiktligen hade tagit med sig ifrån Tjetjenien, easyvax 2021. Han hade fått den av biståndspersonal för WHO. Gregory visste att det var ett vaccinationshjälpmedel som man använde och som var nålfritt. Detta hade använts rikligt till patienter som var rädda för nålstick under Covid-19-pandemin.

– Vad har du där i handen, Gregory? frågade Tina.

– Eftersom jag vet att det fortfarande finns rikligt med corona i Tjetjenien så måste vi vaccinera oss! Detta hjälpmedel är genialiskt eftersom det innehåller en kolsyrepatron som skjuter iväg en liten kula som fastnar under huden. Vi måste vaccinera oss! Sträck fram din vänstra överarm, sa Gregory.

– Jag går med på vad som helst bara jag inte blir smittad av corona! svarade Tina.

Gregory närmade sig Tina med den kolsyrepatronstyrda sprutan och satte den mot Tinas överarm. Han tryckte av. Tina ryckte till. Inom loppet av en kvart var nu Tina död.

Fenomenalt! tänkte Gregory för sig själv. En sån här maskin laddad med botulinumtoxin visade sig vara mycket effektivt. Gregory var mycket nöjd med sin insats och skickade genast ett sms till Rolf:

»Uppdraget slutfört. . / G«

Kapitel 12

Gruppen satt i den mörka kupén utan att egentligen veta var man befann sig. Man hade nu färdats i det slitna och smutsiga tåget i ca 2 timmar. Då det var mitt i natten fick man ingen information vare sig ifrån kontrollanten eller i högtalarna om var man befann sig. Det verkade som om tåget nu saktade in. Snart var man framme vid det första stoppet. Clara drog försiktigt gardinen åt sidan och kunde läsa på en upplyst skylt: Skopje.

– Var ligger Skopje? frågade Clara.

– Men herregud! utbrast Gert-Inge. Det verkar ju som om vi har kommit till Nordmakedonien. Då har vi kommit halvvägs till Lviv.

Gert-Inge, som var tvungen att gå på toaletten, reste sig upp och förklarade vart han skulle och öppnade skjutdörren till kupén så tyst han kunde och tog till vänster. Tåget satte igång med ett ryck och Gert-Inge tog några extra steg för att inte tappa balansen. Han gick med bestämda och otåliga steg mot toaletten, men såg genast att skylten var röd. Nöden hade ingen lag så Gert-Inge gick igenom till nästa vagn. På vägen genom den trånga korridoren hörde han de numera välbekanta rösterna som han hört senast i Dubrovnik. Detta måste vara de mörka männen vi har följt efter. I samma ögonblick stelnade Gert-Inge till då skjutdörren till den upplysta kupén våldsamt drogs upp och mot honom kom en lång muskulös och otäck man i mörka kläder, han hade långt hår och ymnigt skägg. Mannen gick mot Gert-Inge som stod handfallen och inte visste vart han skulle ta vägen och i den trånga korridoren pressade han sig förbi honom och utbrast något på ryska. Med snabba steg gick Gert-Inge i motsatt riktning för att slutföra sitt toalettbesök. Väl inne på toaletten efter att ha tömt blåsan skickade han ett snabbt sms till Heinz för att varna om att elitstyrkans soldater befann sig bara en vagn ifrån dem.

Gert-Inge satt nu fast och var rådvill. Vilket håll skulle han nu gå för att komma till sina kollegor? Skulle han kanske sitta kvar på toaletten tills tåget stannade nästa gång?

Goda råd var nu dyra. Faran var uppenbarligen mycket nära dem alla. Vad skulle de göra?

Ali och Daniel satt spända i det nersläckta konferensrummet i presidentens residenspalats några kilometer utanför Minsk. Det var vackert beläget i en stor park med lummiga träd och buskar och i mitten fanns en större damm med japanska koifiskar. De bägge apotekarna från Moskva väntade spänt på det högt säkerhetsklassade materialet som skulle tas in av presidentens närmaste män. Efter en stunds nervöst väntande öppnades äntligen den bastanta trädörren och den tjocka mattan på golvet dämpade de tunga stegen.

– Stå upp för den vitryska staten! beordrade mannen de bägge farmakologerna.

Ali och Daniel studsade upp på kommando och ställde sig nästan i givakt.

– Jag heter Viktor Petroff och är presidentens närmaste säkerhetsman och ansvarig för statens säkerhet. Innan vi går vidare härifrån blir ni tvungna att skriva under två dokument som bedyrar att ni inte för någon som helst information vidare! Om ni mot förmodan skulle göra detta riskerar ni livstids fängelse eller avrättning.

Vid det här laget lackade svetten på dem bägge och inte minst Ali där man kunde tyda stora svettfläckar under bägge armarna. Både Daniel och Ali var formellt klädda med avseende på det högt stående besöket.

Ali tog till orda:

– Vi är hitskickade av GRU och mitt namn är Ali Ustinow och här är min kollega Daniel Nikolajev. Vi representerar en ultrahemlig avdelning av GRU som har fått i uppdrag att framställa en kemisk substans som ska göra att både våra ryska och våra vitryska soldater blir ca 100 % mer effektiva i strid. Vi behöver samarbeta med er för att kunna komma vidare i produktionen.

– Ja, jag har förstått det. Vilka medel kan vi bistå med? frågade Viktor. Skriv under dokumenten så att vi kan komma vidare.

Ivrigt läste Daniel och Ali igenom de ca 25 sidorna i varje dokument och skrev sedan under.

– Bra! Nu kan vi fortsätta vår förhandling! utbrast Viktor. Vad behöver ni hjälp med?

– Ni har en hemlig agent som heter Olga Sacharowa. Vi behöver omedelbar tillgång till henne, för att kunna komma vidare, sa Ali.

– Stämmer det att hon är i Sverige i en stad som heter Malmö? frågade Ali.

– Vem är er egentliga uppdragsgivare? frågade Viktor.

– Det är den här mannen, svarade Daniel och sträckte fram ett dokument med ett foto.

Viktor tittade intensivt på bilden och sa:

– Det var som tusan! Rolf, den gamla räven!

Kapitel 13

Igor kände sig stressad. Alexandra som stod bredvid honom kände av hans nervositet. Vi har mycket hög säkerhet här, men vi vet också att Wagner-gruppens ledare Jevgenij Puschkin har oanade resurser då han är uppbackad av den ryska presidenten Vladimir Mokolow, sa Igor. Sannolikt kommer de att vilja komma åt vårt allra hemligaste forskningscenter där vi tillverkar preparatet mot Alzheimers demens, men som också kan användas i strid då det kan ge soldater oanade krafter vid överdosering. Alexandra sa ingenting. Under visiret kunde man se några svettdroppar rinna ner från ansiktet trots att luftkonditioneringen i labbet var mycket kraftfull och hade samma standard som ett bättre trafikflygplan. Företaget Union Medical SpA Neuroscience hade spenderat miljontals euro med avseende på att framställa denna unika medicin, alltså den enda i sitt slag, som skulle kunna bota Alzheimers sjukdom. Företaget var nu nästan färdiga i sin framställan, men saknade den sista viktiga studien på människor.

Vi måste informera all vår säkerhetspersonal. Vi vet att inte långt ifrån gränsen gör sig flera medlemmar av den ökända ryska militära legionen beredda att försöka invadera den ukrainska staden och sannolikt ta sig in i vårat labb, sa Igor.

Igor tog snabbt fram sin nödtelefon och tryckte på den röda knappen. Han kom direkt fram till säkerhetsstyrkans chef Miroslaw Maydanek. Igor förklarade situationen och den övergripande problematiken. Miro, som han också kallades, förstod genast det akuta problemet. Han meddelade direkt att han skulle kalla in sin specialutbildade vaktstyrka.

Igors telefon surrade till, han läste nu ytterligare ett meddelande ifrån Gert-Inge.

»Vi befinner oss ca 45 minuter från Lvivs centralstation. Vi misstänker att man tänker attackera vårat labb. Gör er beredda! Har ni informerat er vaktstyrka?«

Boris satt på en kontorsstol på Rolfs expedition och väntade spänt. Han väntade på order om hur han skulle kunna ta sig vidare.

Boris hörde de bestämda stegen och såg att Rolf kom in och satte sig i länsstolen bakom skrivbordet framför honom.

– Bra, Boris! sa Rolf högt. Vi har precis fått besked av våra vänner ifrån Vitryssland att du officiellt är en del av detta hemliga uppdrag. Som du vet har vi vår kontakt i Sverige och det är din plikt att se till så att allting fungerar till punkt och pricka.

– Okej, jag förstår! Jag väntar på exakta instruktioner, svarade Boris.

– Här är alla instruktionerna! sa Rolf samtidigt som han sträckte fram en tjock mapp. Du måste följa dessa exakt och efter varje steg avrapporterar du till mig för fortsatta instruktioner.

Boris sträckte sig över bordet och skulle ta mappen, men tvekade sedan och sa:

– Du vet att jag behöver cash i dollar för att kunna utföra det här uppdraget. Inga digipengar! Inget skulle kunna gå att spåra via digitala transaktioner.

– Det fattar jag väl! Jag är inte helt bakom flötet, svarade Rolf. Det är bra om du använder Sergejs Kawasaki. Den är svår att spåra. Glöm inte att skylta om den till vitryska registreringsskyltar när du kommer till högkvarteret i Minsk.

– Förresten, Rolf, den där Olga, är hon snygg? frågade Boris.

– Lämna mig nu ifred! Det få du väl själv ta reda på, svarade Rolf irriterat.

Boris hade förstått sitt uppdrag och ryckte till sig mappen samtidigt som han lämnade rummet.

Kapitel 14

Walter satt i den mörka lokalen i skenet av det svaga röda ljuset. Han satt och puffade på en Matanzas.

– Här, älskling. De har fått en ny bartender som gör fantastiska mojitos. Titta här vilken färsk och fin mynta, sa Rita.

Walter brydde sig inte särskilt mycket, han var redan påverkad av Xanor-tabletterna han hade svalt innan han gick till svartklubben. Han funderade nu på att komma upp i stämning och tillsammans med Rita gå till det avskilda rummet och snorta en lina kokain. Han förklarade sina avsikter för Rita, som genast blev uppiggad och fick fjärilar i magen. Fjärilarna tog sig lite längre ner och Rita hoppades nu på en extra intressant natt tillsammans med Walter. Rita visste att när Walter var upplivad kunde vad som helst ske som Rita tyckte om i sängen.

Mot Ritas förmodan såg hon nu istället en Walter som närmast halvsov i den mjuka plyschsoffan.

Trots att svartklubben inte hade funnits så länge var den mycket väl utrustad med modern inredning och en sofistikerad bar som tog plats på dansgolvet. På sidorna fanns diskreta bås där kärleksfulla par kunde träffas ostört. På scenen sjöng en mörk sångerska något otydligt. Sannolikt var hon påverkad av någonting. Hon hade backstage-musik.

Rita försökte nu få upp stämningen då hon hoppades att hon trots allt skulle få en trevlig natt med Walter. Hon sa några fraser på ryska, tog Walters hand och gick till båset på lokalens sida i närheten av dansgolvet. Hon drog för den tjocka sammetsgardinen. Hon tog fram påsen med det vita pulvret, strödde ut det på stenbordets yta och tog fram sitt Amexkort och förberedde linan till Walter. Via sin tusendollarssedel som var ihoprullad till ett rör drog nu Walter in hela linan genom näsborren. Rita hann knappt förstå vad som hände och Walter var nu fullständigt on fire. Han pratade närmast oavbrutet och kunde inte sitta still. Ritas plan hade nu till ett hundra procent lyckats.

Rita tänkte att detta skulle fungera alldeles utmärkt och hon tackade sin lyckliga stjärna att hon tackat ja till rekryteringen till Wagner-gruppen när hon fick frågan av kommendör Puschkin.

– Kom, Walter! Vi åker tillbaka till min lägenhet. Klockan börjar närma sig halv tre på natten, ropade Rita.

Walter reste sig och följde med Rita dansandes ut från svartklubben.

Snabbt försvann den stora Mercedestaxin ut i den mörka Malmönatten på väg till lägenheten.

Tidigt på morgonen smög Gregory ut genom bakdörren på det 4-stjärniga hotellet. Han rörde sig lätt och smidigt i sina nyinköpta Nike Air Max. Han stängde öppningen försiktigt och gick snabbt till sin Audi. Eftersom den var delvis eldriven hördes det knappt när han lämnade staden. Gregory körde ut på den ryska frivägen och höll allt för hög hastighet än den som var tillåten.

»Där fick hon, den förbaskade subban! Jag hade först ett bra intryck utav henne, men efter att jag hade pratat med Rolf förändrades allt«, tänkte Gregory för sig själv. Bilen susade fram och han hade nu ca 700 km kvar till den tjetjenska gränsen. Därifrån till huvudstaden Groznyj var det bara ett stenkast. Han fokuserade nu på färden.

Han visste att när han kom fram till sin fars presidentpalats, där han förövrigt hade en hel flygel för sig själv, skulle samarbetet med Wagner-gruppens ledare intensifieras. Gregory var otålig och kunde inte bärga sig. Han sa till den talstyrda enheten att slå upp Jevgenijs nummer.

– Vad vill du, Gregory? frågade Jevgenijs.

– Vi möts hos mig i Groznyj imorgon vid två tiden på eftermiddagen. Det är mycket viktigt! svarade Gregory.

Gregory förklarade situationen för Jevgenijs och framför allt den viktigaste informationen att han hade lyckats att göra sig av med svarta änkan.

– Bra! sa Jevgenij utan att protestera. Han var dock tveksam till åtgärden eftersom han hade fått en bra bild utav Tina och att hon dessutom var snabb och orädd av sig. Efter Gregorys förklaring förstod han dock att hon var en stor risk för organisationen. Tina hade alltför stora problem med sig själv och faran var att hon skulle agera mer och mer på eget initiativ.

Jevgenij förstod vad det handlade om och förklarade att han nu befann sig i Minsk men skulle ta sitt privata jetplan och flyga till Groznyj under morgondagen. De skulle ses klockan 2 på dagen som avtalat.

Gregory var nöjd med samtalet och lade på, återigen fokuserade han på färden hem till Groznyj.

Gregory hade tidigare fått information från den högsta chefen på GRU som informerat Rolf Hassan, den så kallade forskningsledaren som höll till i det hemliga labbet utanför Moskva, om att den enda möjligheten nu att få tag i de två substanserna Theanin och Peptas var att bryta sig in i det stora forskningslabbet som ägdes av Union Medical

SpA Neuroscience i Lviv, men att operationen måste aktiveras med hjälp av Jevgenij. Man måste också säkerställa att labbet verkligen tillverkade dessa ämnen. Den enda kontakten som var säker angående det sistnämnda var Olga Sacharowa.

Gregory kommenderade sin telefonfunktion och sa: ring Olga!

Kort därpå hördes ett svar ifrån enheten: »Ringer Olga«

– Rita, hördes på andra linjen.

Kapitel 15

Gert-Inge hörde nu det gnisslande ljudet från tågets bromsar. Clara sköt undan gardinen till kupéfönstret och såg att gryningen inte var långt borta. Tåget var på väg in till Lvivs centralstation. Nu gällde det att försöka gå av tåget utan att några misstankar väcktes och försöka följa de fyra tjetjenska männen. Det var uppenbart att spårsändarens batteri när som helst skulle ta slut. Vilket Gert-Inge nu noterade på sin telefon. Det blinkade ilsket rött.

Försiktigt tittade man ut genom kupéfönstret och delade upp sig i två team om tre och tre. Auchmann tog med sig Clara och Beatrice mot den främre delen av vagnen medans Benedetti tog med sig Kerstin och Gert-Inge till den bakre delen av vagnen.

– Nu! viskade Auchmann och signalerade till de andra.

Längre fram i tåget syntes nu de fyra männen kliva av med de tunga väskorna. De gav sig hastigt i väg ut genom centralstationens huvudingång och försvann sedan i mörkret. Auchmann tillkallade Benedetti och alla förenades i den ursprungliga gruppen och man fick nu följa den svaga signalen i Gert-Inges telefon kopplad till GPS:en.

Snart var det uppenbart att man hade ett nytt högkvarter som man var tvungen att bevaka.

Benedetti utbrast:

– Hoppas det inte ligger allt för långt härifrån så att vi tappar spåret.

Samtidigt utbrast Gert-Inge:

– Dessvärre! Vi har tappat kontakten med kassetten, vad gör vi nu?!

Boris satt i sin nyinköpta kontorsstol framför skrivbordet. Skrivbordsytan var tom. Inget papper eller penna låg på bordet. Det enda som han hade framför sig var den tjocka mappen som han nyligen hade fått av Rolf. Boris var trots allt nöjd med situationen. Från att ha varit en okänd yrkesmördare för GRU hade han inom några veckor nu fått status som hemlig agent. Hade han kunnat hade han berättat det för sin mor som han tyckte mycket om och som på säkert något vis hade blivit stolt över honom. Uppdraget var dock superhemligt och ingen fick veta något, inte ens hans mor.

Kontoret var mycket sparsmakat och det hängde inte ens en affisch på väggen. Man kunde nästan höra att det ekade om man höjde rösten något. Boris hade nu suttit och betraktat sitt nya rum gott och väl i en halvtimme efter det att han hade fått besked ifrån Rolf att vänta där. Han hade inte ens en besöksstol, vilket Boris förmodade att Rolf skulle ta med sig.

Han hade snabbt och ytligt läst igenom instruktionerna och väntade nu på vidare order ifrån Rolf Hassan som var ansvarig för labbverksamheten. Även Rolf hade spionstatus men hade en högre rang i GRU.

Plötsligt uppenbarade sig en gestalt i dörröppningen och in kom Rolf.

– Nå, hur känns det, Boris? frågade Rolf. Nu när du har fått spionstatus kommer vi att sätta mycket höga krav ifrån dig! Du ska göra precis som vi säger. Fast det gällde också när du var vår hitman.

– Ja, jag vet vad du menar, Rolf. Behöver jag stå givakt när jag pratar med dig eller vad vill du? svarade Boris buttert.

– Nej, det behövs inte. Det gör vi inte här i vår organisation. Du ska bara vara standby och inom kort ska du bege dig till vårat högkvarter i Minsk. Som du vet har den vitryska underrättelsetjänsten ett mycket tätt samarbete med Moskva. Det är ju samma organisation sedan innan GRU bildades, svarade Rolf.

– Okej, chefen! Du vet att jag alltid lyder order. När kan jag ta mig till Minsk? frågade Boris.

– Som jag sa tidigare ska du bara invänta order och ingenting annat. Du kan alltid se till din skadade kompis Sergej så länge, svarade Rolf.

Utan att säga något ytterligare vände Rolf på klacken och lämnade Boris. Boris tänkte att okej, jag har ju inget annat att göra. Så han gick tillbaka till Sergej för att se hur han hade det.

Sergej satt nu halvsittande och blev ompysslad av de två kineserna. Han kunde bara röra sin högra arm och försökte tafatt dricka ett glas juice samtidigt som han försökte sträcka sig efter ett par kalla piroger.

– Hur är det, kamrat? Känns det bättre? frågade Boris.

Sergej lyfte på huvudet och observerade Boris och svarade honom att han mådde något bättre och att han var glad att uppdraget lämnats över till Boris.

Boris sa inte mer eftersom han visste att det även internt rådde högsta sekretess.

Han pausade en kort stund och frågade sen det som han hade funderat på ett tag:

– Sergej! Jag måste resa utomlands. Kan jag låna din Kawasaki?

– Självklart, kamrat, ta den bara! Men jag vet inte riktigt var den är just nu, svarade Sergej.

– Jag vet var den finns, den är väl omhändertagen och servad. Jag har gjort det själv, sa Boris.

Några timmar därefter susade Boris fram på den kraftfulla motorcykeln i hög hastighet. Han var nu på väg till Minsk. Boris visste redan från början att det var en säkerhetsrisk att ta motorcykeln, men han kunde inte stävja sitt ungdomliga sinne. Dessutom såg han ju ut som vilken motorcykelförare som helst.

I den ena sidoboxen låg mappen som han skulle ta med sig till mötet. Boxen var integrerad i chassit till motorcykeln och gick därför inte att avlägsna. Dessutom krävdes en specialkod för att öppna den. Han visste även att vid försök att öppna boxen aktiverades en självutlösande sprängsats. Boris kände sig säker.

Som helt ny specialagent var han nu mycket ivrig at få träffa de två välkända spionerna, varav en även var ledare för Wagner-gruppen.

Han log för sig själv och vred på gasreglaget ännu mer. Hastigheten var skrämmande hög.

Efter flera timmars färd hade Boris nu kommit till den vitryska gränsen. Han hade tagit sig in till den första gränsstaden Orsja. En mellanstor stad som fungerade som en järnvägsknut. De tidigare hårda kontrollerna vid gränsen p.g.a. pandemin fanns ej längre. Det var nimt att passera gränsen och Boris behövde inte ens visa sitt pass. Väl inne i staden stannade han vid en större korsning pga. det röda ljuset. Ingen märkte den bestyckade drönaren ovanför honom anlitad av Pegasus X. Den lilla och närmast ljudlösa roboten skickades iväg med hög hastighet och träffade motorcykeln mitt i prick. Några sekunder därefter exploderade sidoboxen som innehöll den topphemliga mappen p.g.a. den självinställda mekanismen. Alldeles intill händelsen stod Irina Kuljeva framför sin klass med åttaåringar. Detonationen var kraftig och det började att brinna i klassrummet. De hjärtlösa skriken hördes ända ut på gatan.

Det tog inte lång stund förrän säkerhetschefen återkom till Ali och Daniel i det stora konferensrummet. Han utbrast:

– Ni är bägge arresterade! Vi har fått besked om ett attentat i staden Orsja. Vi har identifierat motorcykeln samt delar av kroppen som slets i stycken av vad man misstänker är en självmordsbombare. Vi tror att det är ett terrorattentat och allting pekar på att han hör till er. Vi kräver en utredning och tills dess får ni vara i vårat förvar.

Ali och Daniel tittade på varandra förvånat och förstod inte särskilt mycket. Men eftersom säkerhetschefen Viktor Petroff hade kallat in två beväpnade vakter vågade de inte göra motstånd.

Bryskt fördes de iväg.

Ali och Daniel tittade skärrat på varandra och undrade:

»Vad kommer nu att hända?«

Kapitel 16

Rita betraktade den livlösa kroppen framför sig. Walter låg naken på sängen med den högra handen som snuddade golvet. Sängen var täckt av blod och den tidigare vita väggen var nu helt röd. Tidigare under natten hade Rita omdirigerat taxin till Walters lägenhet på Köpenhamnsvägen. Walter hade varit på mycket gott humör och det tog inte lång tid till dess att man kommit in i lägenheten och Rita lyckats få Walter rejält upphetsad. Ritas begär tillfredsställdes relativt snabbt och det föreföll även som att Walter varit nöjd med tillställningen. Rita kunde i alla fall räkna det till två orgasmer. Vad gällde Walter uppfattade hon även som om han hade haft det mycket trevligt.

Händelseförloppet därefter var svårt att förstå. Rita grävde i sin handväska och hittade ett par kartor av den tablett som hon hade fått via sin ryske kontaktman. Efter att hon tagit en hel karta hade hennes beteende förändrats radikalt. Rita hade blivit oregerlig, aggressiv och osammanhängande. I detta tillstånd hade Walter fått freda sig och det hade uppstått handgemäng men Rita, som nu var stark som en oxe, brottade utan svårigheter ner Walter på dennes säng. Kort därefter slogs Walter medvetslös av Rita samtidigt som hon tog upp en rysk jaktkniv av märket Bull och högg den flertalet gånger i Walters bröst samt därefter två kraftiga hugg i hans hals.

Rita, som nu höll på att klarna till efter den kraftiga uttömningen av energi, reste sig nu från stolen och gick ut i köket. Hon tog tag i plastkassen med pengarna som fortfarande låg på köksbordet och tog sin kappa och lämnade lägenheten tyst och tänkte:

»Där fick han vad han förtjänade, det kräket!« Dessförinnan hade Rita rengjort sitt vapen.

Gregory satt i det gigantiska rummet som var hans kontor i den västra flygeln i presidentpalatset. Klockan var nu 14.30 och han undrade om Jevgenij skulle dyka upp som avtalat. Närmast samtidigt hade han fått besked ifrån Rolf Hassan att vitryska säkerhetsstyrkor skjutit ner den drönare som slagit ut deras specialagent, Boris Krutov. Han hade fått information om att drönaren agerade på uppdrag av den superhemliga organisationen Pegasus X, som egentligen var en underorganisation till den europeiska säkerhetstjänsten och som samarbetade med Interpol. Han visste att Pegasus X ofta anlitade det topphemliga svenska företaget Total Overview som ägdes av multimiljardären Johan Knittlén. Han fick ett meddelande på sin intern-telefon att hans besök var på väg in till honom. Via en knapp öppnade han dörren och såg en gestalt komma emot honom med bestämda steg.

– Vi har inte tid med några välkomstfraser, Gregory, vi måste handla så snabbt som möjligt. Jag har fått information ifrån Olga att hon hittat de hemliga dokumenten hos vår kontakt i Sverige, sa Jevgenij.

– Utmärkt. Men jag måste informera dig att man nyligen eliminerat Boris. Vår nya specialagent. Rolf ringde för inte så lång tid sedan, svarade Gregory.

– Okej! Vad gör vi nu? frågade Jevgenij. Vi kommer att behöva support ifrån Moskva.

– Okej! Jag har en idé! svarade Gregory.

Kort därefter ringde han samtalet.

T.O.

DEL 3

Kapitel 1

Ingen visste nu egentligen exakt var kassetten fanns. Man hade dock ett tidigare spår på Gert-Inges GPS om att det ledde till de östra utkanterna av staden. Enda möjligheten att ta sig dit nu var med en taxi. Inte långt ifrån centralstationen fanns en taxizon där man visade för en uppmärksam chaufför information som man hade fått via GPS:en. Vladek tittade på skärmen och förklarade på perfekt engelska att det låg en gård utanför stadens gräns som man observerat under längre tid och uppfattat som märklig då den varit hårt bevakad av beväpnade män.

Gert-Inge tackade för förklaringen och frågade chauffören om han kunde hjälpa dem att komma i närheten av gården. Detta gjorde han villigt, men endast mot en större betalning.

Efter ca 20 minuter skymtade man den stora anläggningen. Denna var mörklagd och vid uppfarten fanns en kraftig metallgrind som bevakades av två beväpnade män.

Vladek läste en skylt på ryska vid infarten och förklarade att anläggningen var hemlig och att det stod tillträde förbjudet.

Vladek och hans kollegor hade flertalet gånger kört förbi och undrat vad som egentligen pågick.

Alberto undrade nu hur man på ett smidigt sätt skulle ta sig in i området kring anläggningen utan att bli upptäckta. Heinz hade en plan. Han ringde sin kontakt som via Google Maps zoomade in anläggningen och såg att det fanns en del som inte verkade vara övervakad. Denna var på baksidan. Det var fortfarande gryning, men man anade nu solen över horisonten. Vilket innebar att man fick skyndsamt försöka att ta sig över den mur som man hade observerat. Naturligtvis såg man en hel del övervakningskameror, men inte över denna del. Snabbt och lätt tog man sig på avstånd fram till den bakre delen. Heinz gick fram mot den ca tre meter höga muren. Från sin ryggsäck tog han fram fästankaret med den kraftiga linan och kastade den över muren så att den fastnade. En och en tog de sig snabbt över muren till andra sidan. Sist av alla på platsen var Gert-Inge. Efter enbart fem minuter då man försökt att orientera sig på området hördes ett kraftigt rop på ukrainska:

– Stopp! Stanna! Stå kvar!

Framför dem stod tre beväpnade män som pekade sina vapen mot gruppen.

Fortfarande i en helt annan del av världen:

Sergej hade nu vaknat upp och kände sig fortfarande svag, men ändå pigg.

Rolf hade kommit in med en ung och kraftfull kvinna tillsammans med en lika ung och stark man.

– Det här är dina nya sjukgymnaster och vi måste få dig fit for fight igen så snart det bara går. Jag har ett trist besked. Boris är sprängd i bitar. Det hela hände på gränsen till Vitryssland i staden Orsja. Jag vet att ni var nära vänner. Jag beklagar, sa Rolf och lämnade de två unga sjukgymnasterna ensamma med Sergej.

Sergej andades djupt och svalde en klump. Han var ledsen över Boris fruktansvärda öde, men tänkte samtidigt att detta tyvärr är en del av jobbet. Han sneglade bort mot kontorets hörn och såg då den tjocka blåa mappen som låg på det tomma skrivbordet. Han var nu helt säker på att han tagit över Boris status som specialagent. De två sjukgymnasterna tog nu bryskt tag i varsin arm på Sergej.

– Följ med oss! Mitt namn är Ana Owetschkyn och det här är min kollega Pjotr Alexandrov. Vi tillhör samma hemliga organisation som du och vi har fått order att få dig fullständigt välfungerande igen, så nu gäller det att steppa upp! Det kommer att bli ett tufft program och vi kommer att träna flera timmar dagligen oavsett vardag eller helgdag, sa den unga kvinnliga sjukgymnasten till Sergej.

– Tyvärr har du inget val! sa Pjotr.

Med stapplande steg följde Sergej de två ivriga terapeuterna. Man gick fram till transporthissen och Ana tryckte på knappen som tog dem två våningar ner. När hissdörrarna gled isär skönjdes ett gigantiskt rum.

– Det här är din nya träningslokal och här ska du vistas dag som natt tills vi är nöjda med dig! Vi sätter igång direkt! sa Pjotr befallande.

Sergej hade inte tid att fundera över situationen utan insåg att han var tvungen att följa order. Han visste att det inte var Rolfs order utan att det var någon ovanför honom som hade bestämt detta.

– Vi vet att du är svag i kroppen och därför börjar vi med lite lättare övningar. Börja med att gå mot barren. Där ska vi göra en del övningar för att stärka bålen och dina sätesmuskler så att du får bättre balans. Vi kommer också att öva upp din vänstra axel så att du får bra rörlighet igen. Du måste ju kunna hantera skjutvapen, sade Ana.

Mer eller mindre hasande tog sig Sergej fram till barren. De bägge terapeuterna stöttade honom. Sergej lyfte upp huvudet och bet ihop. Han bad till Gud att han skulle klara av detta.

Sergej tänkte för sig själv:

»Det här blir inte lätt. Men jag vet att jag måste offra mig för regimen.«

– Länge leve president Vladimir Mokolow! sade Sergej tyst för sig själv. Han ställde sig i barrgången.

– Sätt igång! sade Sergej med något högre och bestämd stämma.

Kapitel 2

Ett sådant övervåld. En sådan brutalitet.

Niels Munk-Rasmussen stod lutad över den döde Walter Olssons kropp. Han noterade att näsan var avslagen och lika så käken. Vänster tinning var helt inslagen. På bröstet i nivå med hjärtat var det flera djupa knivhugg och halsen var uppskuren.

Han tog de få stegen in i köket och satte sig på stolen vid bordet. Mitt emot honom satt den relativt unga rättsläkaren Ronja Pettersson som skrev ett obduktionsprotokoll på sin laptop. Ronja var tyst och insjunken i det hon gjorde. Mumlande sa hon:

– Jag håller helt med dig.

Niels var en nyexaminerad kriminalkommissarie ifrån Malmöpolisen med rötter i Köge, Danmarks polisdistrikt. Han tyckte vanligtvis om sitt jobb, men skulle idag hellre vara med sin fru och sina två små barn. Han kände sig illamående och yr.

Tidigt på morgonen hade grannar ringt polisen då man hört tumult och höga ljud ifrån Walters lägenhet på Köpenhamnsvägen. Polisen hade inte behövt forcera dörren då den redan stod på glänt. Detta hade man också reagerat på. Synen var skrämmande.

Kriminalteknikern Mikaela Andersson hojtade till:

– Jag är färdig här! Men ni bör notera att i köket låg en handduk som var full med blod. Det ser ut som att man har torkat av en kniv. Jag har stoppat ner handduken i en bevispåse och tar med den till kontoret så kommer jag att skicka den till NFC senare för analys. Intresserat tittade Niels upp och skrev ner det på gammaldags vis i sin anteckningsbok. Hans förebild var faktiskt kommissarie Colombo.

Sakta med trötta ben reste sig Niels från stolen och sa:

– Det har varit en lång dag. Jag tar mig till polisstationen! Vi hörs senare om det kommer fram något nytt.

– Det gör vi, svarade Ronja utan att lyfta blicken ifrån skärmen.

Det hade blivit mörkt i Groznyj och kvällen hade blivit sen. Palatset var i stort sett nedsläckt förutom ett svagt ljussken ifrån ett fönster i västra flygeln.

– Jag har fått information om att Olga fått tag i de hemliga dokumenten från vår kontakt i Sverige. Som du förstår är han död, vilket Olga har tagit hand om. Vi förväntar oss att hon kommer att komma till vårat högkvarter i Minsk och det blir ditt uppdrag, Jevgenij, att träffa henne där för vidare instruktioner, sa Gregory.

– Jag förstår. Vanligtvis tar jag inte emot order från någon, men denna operation verkar viktig och kan faktiskt leda till att ryssarna blir planetens härskare, svarade Jevgenij.

– Just precis! Det är det som är meningen med hela den här operationen, svarade Gregory.

– Med hjälp av Olga kommer du att få vidare instruktioner om hur ni på bästa sätt ska ta er in i anläggningen utanför Lviv och hämta de nödvändiga substanserna till vårat hemliga labb utanför Moskva. För detta måste Rolf vara fullständigt informerad, lade Gregory till.

Man fortsatte att tänka över den viktiga planen. Man höll på i dagar samtidigt som man inväntade vidare besked ifrån Olga och Rolf.

I det enormt stora rummet med den gamla träningsutrustningen som egentligen var avsedd för elitgymnaster hade Sergej nu kommit igång på riktigt. Den 1,93 cm långa mannen hade nu gått upp i vikt till 95 kg trots att han enbart tränat i fyra dagar. Den mycket intensiva träningen hade gett resultat och smärtan ifrån den vänstra axeln kändes inte lika tydlig som tidigare och såret vid vänstra ögat när han fallit ner mot trottoarkanten hade börjat läka. Kineserna hade gjort ett bra arbete.

Ana och Pjotr hade satt Sergej i en mycket hård träning som varade i 10–12 timmar per dag. Sergej var ingen överviktig man, men nu bestod han bara av ben och muskler. Han såg vältränad ut.

Dörrarna till den gigantiska träningslokalen slogs upp och in kom Rolf Hassan gåendes. Han var nöjd med det han såg och sa:

– Bra jobbat, Sergej! Det här ser bra ut. En dag till och sen är du färdig för regimens säkerhetstjänst.

Sergej tittade på Rolf och log. Äntligen skulle han komma i action som specialagent för GRU.

Sergej tog sig med lätta och bestämda steg till omklädningsrummet och klädde av sig och gick in i duschen. På bänken noterade han en orangefärgad mapp. Den såg ut som att den tillhörde en av sjukgymnasterna.

Efter en stund kom Ana in i omklädningsrummet för att hämta sin mapp hon hade glömt. Hon sneglade mot det frostade glaset på duschkabinen och såg Sergejs ståtliga och vältränade nakna kropp. Det pirrade till i magen hos Ana. Hon skämdes lite över sina tankar. Snabbt tog hon sin kvarglömda mapp och gick med lätta steg ut ur rummet och tänkte för sig själv:

»Vilken karl!«

Kapitel 3

Gert-Inge och hans team stod handfallna på gården till den stora mörka anläggningen. Framför honom stod de tre männen och riktade sina vapen mot samtliga i teamet. En dörr öppnades och ut kom en mycket kort man klädd liksom de andra i vaktstyrkans uniform med mörkgröna kläder och militärkeps.

Tillskillnad ifrån de andra talade mannen mycket bra engelska och uttryckte:

– Följ med mig, ni är väntade.

Gert-Inge och de andra höjde ögonbrynen och tittade förvånat på varandra.

Vad skulle detta betyda?

Sakta sänkte männen sina vapen och den korta mannen presenterade sig som Dimitrij.

– Jag är vaktstyrkans chef här.

De följde efter Dimitrij och gick in i byggnaden till en stor transporthiss. Dimitrij tryckte rappt in knappen som ledde till den elfte underjordiska våningen.

Omedelbart efter det att hissdörrarna glidit upp syntes Igor och Alexandra.

– Välkomna hit, sa Igor. Vi måste omedelbart sätta igång. Redan igår natt såg vi på våra övervakningskameror med infraröd funktion att det var en stor onaturlig rörelse av människor utanför våra murar. Vi misstänker att Wagner-gruppens ledare vill komma åt oss och eventuellt stjäla vår forskningsprodukt. Men innan dess vill jag visa er någonting:

Gruppen följde efter Igor och Alexandra och gick in i ett skyddat och sterilt rum. Man hade fått på sig skyddskläder som man var tvungna att använda. I en del av rummet noterades små burar där man såg råttor som på ett onaturligt sätt utvecklat kraftig muskulatur. Råttorna utstötte märkliga ljud och föreföll extremt aggressiva.

– Se vad som hände efter att vi råkat överdosera med L-tdp 64a1.

Gert-Inge kunde inte tro sina ögon.

Det var tidigt på morgonen och Gregory och Jevgenij hade arbetat hela natten. Planen var nu färdigställd och genialisk. Ingenting kunde gå snett. Gregory vände sig mot Jevgenij som låg halvsovandes i den bekväma soffan som fanns i det stora rummet i presidentpalatsets västra flygel.

– Vakna Jevgenij! befallde Gregory. Det finns inte tid att slappna av nu. Du måste ta dig snarast möjligt till vårat högkvarter i Minsk och invänta Olga. Du vet att hon är vår viktigaste man i organisationen och du måste ta med dig all fakta för att informera henne om hur vi ska gå vidare. Du ser den svarta mappen på mitt skrivbord, denna ska du ha med dig vid mötet med Olga.

Jevgenij, som aldrig tyckt om att ta emot order, reste motvilligt på sig och svarade:

– Okej, chefen. Jag gör detta för det ryska folkets bästa. Men tänk på att jag är rysk och du är tjetjen. Vi kommer snart att härska över denna planet.

Gregory böjde ner huvudet och insåg att han hade rätt och att han själv snart kanske blev en underordnad.

Gregory hade ingen aning om att Jevgenij nyligen fått ett meddelande ifrån Rolf på sin telefon. Han sneglade på telefonen och nickade lätt för sig själv. Gregory var redan försjunken i sitt arbete, men var trött och satt framåtlutad mot sitt skrivbord. Han märkte inte att den stora dörren till hans kontor var halvöppen, men först när han såg den välklädda och vältränade gestalten framför sig med en Tokarev TT-33 hajade han till. Han ställde sig upp flämtande, men hann inte reagera förrän Sergej avlossade de två dödliga skotten och han föll våldsamt över sitt skrivbord. Jevgenij gick snabbt fram och lossade den svarta mappen som låg mellan Gregory och skrivbordsytan och sa:

– Bra jobbat, Sergej. Nu fortskrider planen. Vi har länge vetat att Gregory var en dubbelagent och jobbat en tid för den europeiska säkerhetstjänsten med koppling till Interpol. Det var han som låg bakom Boris död. Den bestyckade drönaren för att eliminera Boris kommer från nordvästra Ukraina, inte långt ifrån Lviv. Jag tror jag vet vem som ligger bakom detta.

– Ja, jag vet. Det var högklassig information med hög sekretess som jag fick ifrån Rolf, svarade Sergej.

Snabbt och med lätta steg tog männen sig till den lilla flygplatsen som bara låg några hundra meter ifrån presidentpalatset. Man höll hårt i den svarta mappen.

– Flyg oss till Minsk! kommenderade Jevgenij sin pilot när han anlände till sitt privata jetplan.

Inom loppet utav 20 minuter var Jevgenij och Sergej på väg till Minsk. Sergej fick information om att omedelbart ta sig tillbaka till högkvarteret i Moskva, det vill säga det superhemliga labbet. De bägge männen lyfte sina vodkaglas i den bekväma och flotta kabinen och sa högt tillsammans:

– Nasdrowje!

Kapitel 4

– Passkontroll! utropade den gigantiske polismannen som stod i ingången till tågkupén med sin hund i stramt koppel.

Olga Sacharowa sträckte fram sitt ukrainska pass till den kvinnliga passkontrollanten som stod bredvid polismannen och gick igenom det fåtal passagerare som satt på SJ2000 i förstaklasskupén på väg till Stockholm.

Det var mycket ovanligt att man gjorde sådana kontroller på Malmö centralstation, men det fanns en speciell orsak. Detta visste Rita Gustafsson, som nu helt bytt utseende i form av en blond peruk och var dessutom hårt sminkad. Under den korta trenchcoaten hade hon en designerdress som var knälång. Rita Gustafsson var nu ett minne blott och med hjälp av sitt förfalskade pass funderade hon nu på hur hon lättast skulle kunna undgå den svenska polismyndigheten. Planen var att ta sig till Stockholm, därefter med färja till Finland och från Helsingfors ta sig vidare till Kiev. Naturligtvis var Vladimir Mokolow väl införstådd med denna plan. Det var hans avsikt att Olga skulle stå vid Jevgenij Puschkins sida i samband med invasionen av den anläggning som tillverkade och förvarade det medel som gav superkrafter. Detta hade hon ju själv erfarit då hon hade befunnit sig i Walters lägenhet. Efter invasion skulle man tömma lagret på den eftertraktade molekylen och transportera den med hjälp av militärt understöd till Moskva. Utanför Moskva visste man sedan länge att det fanns en avancerad kemisk anläggning som skulle kunna massproducera ämnet och transportera det vidare till Mokolows soldater. Med en sådan produkt skulle man kunna vinna vilka krig som helst.

Olga lutade tillbaks huvudet mot sätet och blundade. Trots att det inte hade gått mer än ett fåtal timmar var hon tvungen att erkänna för sig själv att hon saknade Walter. Han var ju faktiskt en underbar älskare. Med ett ryck satte snabbtåget igång och hon var på väg mot Stockholm för ytterligare ett hemligt uppdrag.

Tidigt på förmiddagen anlände Jevgenij och Sergej till den medelstora flygplatsen utanför den vitryska staden Minsk. En stor svart pansarbestyckad Mercedes väntade på dem. Sergej steg av det lyxiga jetplanet och utan vare sig ett avsked eller någonting annat gav han sig iväg till den svarta bilen. Den ryskregistrerade Mercedesen körde snabbt ifrån flygfältet med destination Moskva.

Jevgenij tänkte för sig själv:

»Vilken kraftfull man, han kommer att ta sig långt här i världen.«

Efter att ha lämnat flygplatsen tog sig Jevgenij till presidentens högkvarter bara 5 km ifrån platsen. Han hade fått order att invänta Olga. Han visste att hon var tillförlitlig och effektiv och att hon precis hade utfört ett mycket viktigt uppdrag.

Efter en kortare tids transportsträcka kom man fram till högkvarteret där han blev väl omhändertagen. Han visades in till det lilla konferensrummet som var mörklagt och hade en relativt svag belysning.

– Sätt dig här och vänta, chefen. Är det något du behöver, bara säg till. Vi kommer att servera dig middag om en stund, vad önskas att dricka? frågade vakten.

– Strunta i maten och ge mig bara ett glas vodka! svarade Jevgenij med en barsk ton.

– Skall bli! sa vakten och lämnade rummet snabbt.

Samtidigt greppade Jevgenij sin Iphone 14 pro max och ringde sin plutonchef.

– Oleg! hörde man på den andra linjen. Vad vill ni chefen?

– Samla ihop de tjetjenska hundarna eftersom vi snart ska angripa Union Medical SpA Neuroscience. Vi har ett specialuppdrag. Samla ihop trupperna 5 km utanför Lvivs stadsgräns. Uppdraget är strikt hemligt! sa Jevengij.

– Ska bli, chefen! Räcker det med 20 man för denna operation? frågade Oleg Makarov.

Oleg var en grym och hänsynslös härförare utbildad i den tjetjenska armén. Han hade drygt tjugo års erfarenhet. Oleg hade utfört ett flertal attentat som även innefattat slakt på både barn, kvinnor och äldre. En soldat som den absolut hänsynslösa militärorganisationen skulle drömma om. Han hade till och med fått Sankt Vladimirs orden av självaste president Mokolow. Således en äkta krigsförbrytare som sannolikt hade fått livstids straff i EU-domstolen i Haag.

Oleg tog sig genast till sin enkla kasern och anropade via internradion för att sammankalla männen omedelbart. Inom loppet av 20 minuter var 20 tjetjenska soldater stående i gruppering utanför Olegs militärbyggnad. Han gick med bestämda steg ut och befallde:

– Givakt!

De tjugo skäggiga mörkklädda männen stod parat. Samtliga var beväpnande med de nyaste kalasjnikovar.

– Lystring! skrek Oleg med hög stämma. Vi har ett hemligt uppdrag att utföra. Detta ska utfärdas till punkt och pricka och våran uppdragsgivare är den ryska staten.

– Aj aj, chefen! skrek de tjugo männen unisont.

Kapitel 5

Framför gruppen fanns alltså ett flertal burar med råttor som var muskulösa och tedde sig aggressiva. Gert-Inge försökte att förstå orsaken till detta i samband med en sannolik överdosering, men kunde inte greppa sammanhanget. Igor berättade att då man använt för höga doser av preparatet tog det inte lång tid förrän råttorna blev överaktiva. Han menade att det sannolikt berodde på en del av substansen som på ett oförklarligt sätt hade orsakat detta.

Det här är inte bra eftersom vi misstänker att en mullvad i vår egen organisation spridit denna kunskap vidare till den ryska presidenten Mokolow och att han nu tänker testa detta på hans egen specialstyrka – den fruktade Wagner-gruppen och dess ledare. Vi har också fått reda på att en av Mokolows närmaste personer i den välkända militära spionorganisationen GRU – Olga Sacharowa, som länge figurerat i Sverige under alias Rita Gustavsson och som nu lämnat Sverige – troligtvis är på väg med mycket känsliga uppgifter till Moskva.

– Ser ni detta? utropade säkerhetschefen Dimitrij.

På en av övervakningsskärmarna i rummet syntes nu en onaturlig rörelse. Utanför murarna märktes det att människor samlades med fordon.

Alexandra utbrast:

– Nu rör det sig enbart om ett par timmar och så kommer de att ta sig in i anläggningen!

– Detta är ju förfärligt, sa Gert-Inge. Vad ska vi göra nu för att freda oss?

Igor gav snabbt instruktioner på ukrainska till Dimitrij som snabbt försvann ut i den långa korridoren.

De tjugo muslimska aktivisterna sattes genast i träning. Deras huvuduppdrag var att ta sig in i en högklassad säkerhetsanläggning och dessutom i ett främmande land. Man planerade att i mörkret ta sig över den ukrainska gränsen just där, där skogspartiet var extra tätt. Jevgenij hade beordrat Oleg att införskaffa ett antal beslagtagna ukrainska militärfordon för att lättare kunna komma undan eventuella misstankar. Männen tränades även i närstrid, men också att kunna hantera de nya halvautomatiska kulsprutepistolerna. Vid slutet av träningen skulle man också få med sig varsin ryggsäck med högteknologisk utrustning, så som mörkerkikarsikte, ankarlina och rörelsecensorer. Man fick också lära sig att hantera de mest avancerade sprängsatserna som skulle användas för att ta sig in i byggnaden.

– STAVAJ! Sätt igång med träningen! skrek Oleg.

De tjugo aktivistsoldaterna specialtränade för den privata milisen Wagner-gruppen satte genast igång. Insatsen för dessa var hög, men man visste att om man klarade av uppdraget fick man en rejäl packe med dollarsedlar i handen.

Under tiden hade Sergej anlänt tillbaka till labbet utanför Moskva. Han hade utfört uppdraget till punkt och pricka trots sin skada i vänster axel och vid vänster öga. Sergej satt nu på Boris kontor i den billiga stolen som inte ens hade hjul och väntade på Rolf Hassan. Efter ett antal minuter kom Rolf in med ett större kuvert och sträckte över det till Sergej, som spänt öppnade kuvertet.

– Det här är femtio tusen amerikanska dollar och de är inte falska och du utförde uppdraget perfekt. Du kommer att befordras och få en högre roll i GRU, sa Rolf tillfreds.

Sergej tittade på Rolf Hassan med spänd blick och tänkte att dennes tjänst skulle passa honom perfekt, men förstod sedan att han inte hade de rätta kvalitéerna.

– Okej, vilket är mitt nästa uppdrag? frågade Sergej.

– Ditt nästa uppdrag kommer att hamna i Ukraina. Vänta på vidare instruktioner. Jag meddelar dig snart. Vi förväntar oss att du ska eliminera en viktig person där, sa Rolf.

Sergej slappnade av, men kände samtidigt att det pirrade i magen. Han var förväntansfull.

Kapitel 6

Olga satt i förstaklasskupén. Hon betraktade sina händer och noterade sårskadan på höger hand och såg att det fanns ett litet skärsår på sin högra tummes undersida. Olga var fullt medveten om att hon hade minnesluckor över det som hänt i Walters lägenhet men att hon sedan tagit sig till sin egen tillfälliga bostad – den lilla ettan på Regementsgatan i Malmö. Hon förstod att hon inte bara hade fått tillgång till det hemliga materialet, men att hon också i sin kabinväska hade en kvarts miljon kronor. Tåget hade precis startat ifrån Norrköpings central och var på väg till Stockholm. När hon väl anlänt dit var planen att ta Finlandsfärjan till Helsingfors och där invänta vidare instruktioner ifrån Ryssland och sedan ta sig till Kiev. När hon väl kommit dit skulle hon möta upp ledaren för Wagnermilisen. Det som Olga inte visste var att man under tiden med hjälp av den ytterst skickliga kriminalteknikern Mikaela hade hittat spår av ett främmande DNA på den kökshandduk man nu tagit hand om och undersökt, vilket visade på en annan blodgrupp än den döda Walter Olssons.

Efter diverse slagningar i registret fann man nu att denna matchade med Olga Sacharowa alias Rita Gustavsson. Mikaelas teori var att Olga sannolikt torkat av blodet från den kniv hon hade använt, men samtidigt råkat skära sig själv. Teknikern hade naturligtvis omedelbart informerat den unge dansksvenske kriminalkommissarien Niels, som utfärdat rikslarm. Man utgick ifrån ett gammalt passfoto, men man visste naturligtvis inte om Rita Gustavsson var förklädd.

Niels, som studerade sin datorskärm med det tekniska resultatet ifrån undersökningen, lyfte sin telefon och ringde ett nummer.

Stockholmskollegan Ronnie Evertsson svarade efter tre signaler.

Sergej satt kvar på sin kontorsstol och funderade. Blåsan gjorde sig påmind. Han reste sig och gick till personaltoaletten. Han öppnade den gnisslande dörren och gjorde sitt behov. På väg ut i korridoren hörde han en välbekant kvinnoröst:

– Hej Sergej! ropade Ana glatt.

– Det var längesen, var har du varit? Har du varit på tjänsteresa? frågade Ana.

– Jag var tvungen att åka några dagar till vårt sommarhögkvarter i Sotji.

Ana tog några utmanande steg mot Sergej och strök honom ömt på underarmen och sa:

– Följ med mig, jag ska visa dig något.

Sergej kände ett pirr i magen och anade vad den unga kvinnan egentligen ville. De tog en liten promenad tillsammans och gick in till ett sidorum. Det tog inte lång tid förrän Ana närmade sig Sergejs vackra och vältränade kropp. Utan skam i kroppen började hon knäppa upp hans skjorta. Den ståndaktiga soldaten stod redan givakt.

Framför Ana stod plötsligt Sergej nästan helt naken.

Under tiden hade Ana också klätt av sig och visade sin ungdomliga och vackra kropp framför Sergej. De började smeka varandra och kyssas intensivt.

– Vi släcker ljuset, sa Ana.

Den mänskliga värmen som därefter uppstod i rummet var på topp och både Ana och Sergej gled sakta in i njutningarnas paradis.

Det dröjde inte länge förrän man hörde de snabba stegen i korridoren och dörren rycktes upp.

– Vad i helsike är det som pågår här?! ropade Rolf med en irriterad stämma och tände ljuset.

Oleg hade skyndsamt aktiverat sin milis på tjugo stycken tjetjener. I skydd av mörkret hade de tungt beväpnade männen satt sig i sina fordon med ukrainska registreringsskyltar. De var nu vältränade och förberedda för invasionen av Union Medical SpA Neuroscience, det ultramoderna labbet som låg utanför Kiev och som tillverkade det högt eftertraktade ämnet L-tdp 64a1. Trots att man körde i kolonn var det inga som helst problem att ta sig fram på skogsvägarna. Man passerade lätt in i Ukraina. Resan skulle ta ett antal timmar, men man beräknade ändå att komma fram innan gryningen. Väl anlända framför anläggningen parkerade man sina fordon i rad ca trehundra meter från muren. Man var nu beredd att anfalla och väntade på plutonchefens order. Väntan var intensiv.

Anfallet kunde nu börja.

Kapitel 7

Igor betraktade med oro den stora bildskärmen på väggen i kontorslokalen som tillhörde labbet. Se där! utbrast Gert-Inge. De anfaller med granater och försöker göra hål i muren.

– Muren är armerad, sa Igor. Det kommer att ta tid för dem att ta sig igenom denna.

På skärmen noterades även att ledaren för labbets vaktstyrka låg orörlig på marken. Antagligen var han död. Ytterligare en explosion noterades och nu kunde kameran avslöja att det blivit ett stort hål i muren. Ett flertal svartklädda soldater tog sig in via hålet. De var samtliga tungt beväpnade och bar ryggsäckar. Bara ett par minuter innan man forcerat muren släcktes strålkastarna på gården. Med hjälp av en stark magnet hade man lyckats släcka belysningen.

– Hör ni det brummande motorljudet? frågade Igor. Reservaggregatet till vårt labb har automatiskt satts igång. Det verkar som om de har tillgång till en Magnetron som gjort att vår elektricitet slagits ut. Nu rör det sig enbart om ett antal minuter innan de har kommit ner till där vi befinner oss.

Clara och Beatrice tittade förskräckt upp mot skärmen och såg med fasa hur det vällde in svartklädda soldater i byggnaden.

– Har vi ett alternativ? frågade Gert-Inge.

Alexandra tog till orda och sa:

– Längst inne i korridoren finns en lönndörr som vi måste ta oss igenom, men det innebär att vi får lämna det låsta labbet. Vi får rädda våra egna liv, men vi kan inte garantera att angriparna inte tar sig in dit och själ alla våra prover.

Snabbt och smidigt smet gruppen ut med Igor och Alexandra i spetsen.

– Följ efter mig, jag ska visa var lönndörren finns, sade Igor.

Sergej satt skamset framåtlutad. Han inväntade Rolf för en förklaring. Han visste att det han hade gjort var strikt emot säkerhetsorganisationens reglemente. Han hörde Rolfs bestämda steg som han nu lärt sig känna igen.

– Givakt, kamrat! Här kommer nya förhållningsregler, kommenderade Rolf.

– Okej, chefen! svarade Sergej samtidigt som han ställde sig upp.

Han stod dock inte i givakt.

– Vad har hänt med Ana? frågade Sergej oroligt.

– Hon har förts iväg till våran säkerhetsavdelning, svarade Rolf.

– Kommer jag att få träffa henne igen? frågade Sergej.

– Nej. Hon är en säkerhetsrisk för oss. Så hon kommer aldrig komma tillbaka igen, svarade Rolf med en barsk ton.

Sergej böjde lätt huvudet och svalde, men förstod att det han hade gjort inte överensstämde med reglerna och att han nu var tvungen att fokusera till 100 % på sitt nya uppdrag.

– Om några dagar kommer vi att skicka dig till vårt södra grannland och då menar jag inte till Tjetjenien. Där kommer du att få ett mycket stort uppdrag som också är mycket riskfyllt, sa Rolf.

– Okej. Vad ska jag göra? Kan du berätta om uppdraget? frågade Sergej.

– Nej, jag kan inte avslöja några detaljer ännu. Förutom att ditt uppdrag är att eliminera den här mannen, sa Rolf.

Rolf tog fram ett foto från en mapp som han hade med sig och visade upp för Sergej.

Sergej höjde ögonbrynen och flämtade till.

Kapitel 8

– Maija-Liisa Järvinen? Passkontrollanten tittade djupt in i den mörkhåriga grönögda, gängliga och vältränade kvinnan.

Kvinnan svarade på perfekt finska:

– Ja, det är jag.

– Välkommen ombord på denna tur till Helsingfors! Besättningen på detta fartyg välkomnar er.

Vi är glada att ni har valt Siljaline.

Ingen visste att Olga Sacharowa nu hade skaffat sig ytterligare en identitet. Hennes avsikt var att ta sig till Helsingfors och därefter vidare till Minsk för att träffa Wagnermilisens ledare, Jevgenij Puschkin. Hennes uppdaterade information sträckte sig inte längre än till detta viktiga möte i den vitryske envåldshärskarens palats, Alexander Larionov som alla visste hade ett tätt samarbete med den ryske presidenten Vladimir Mokolow.

Resan till Helsingfors gick smärtfritt trots en hel del sjögång. Tidigt nästa morgon anlände Olga till Helsingfors. Där möttes hon av en man som presenterade sig som Nico.

Han sa:

– Den vita örnen har landat.

Olga förstod genast budskapet och att mannen var presidentens sändebud.

– Följ mig! En bil väntar på oss.

Med den oansenliga Skodan av äldre modell körde man nu ut ur Helsingfors mot sydkusten.

När man närmat sig hamnen till den lilla staden Raumo såg Olga den stora snabbgående motorbåten av det finska märket Aquador. Med snabba steg tog man sig från Skodan till båten och möttes där av kaptenen.

– Mitt namn är Alexis, sade kaptenen. Följ mig.

– Vart ska vi bege oss? frågade Olga.

– Destinationen är hemlig, så därför måste du ha en ögonbindel, svarade Alexis.

Resan var obehaglig med hög sjö och Olga blev illamående. Allting var svart och hon hade svårt med tidsuppfattningen, men märkte ändå att resan måste ha varit ett par timmar lång. Hon märkte nu att båten saktade in och att man kom in på lugnare vatten. Nu stod båten vid kajen och guppade lätt.

En mansröst utbrast:

– Följ mig!

Olga räckte fram sin arm och fick hjälp att lämna båten och efter enbart cirka 50 meter märkte hon att hon blev hjälpt in i en stor och rymlig bil.

Resan var inte särskilt lång och efter en tids bilfärd hörde hon:

– Vi har anlänt till vår hemliga plats. Följ efter mig, sade den okända rösten.

Ljuset var bländande. Bindeln hade tagits av med ett ryck. Efter kanske 15 sekunder hade hon vant sig vid ljuset och såg den hon kände framför sig.

– Jevgenij! utbrast Olga.

– Det var inte igår! Sätt dig ner. Vi har mycket arbete framför oss. Jag har redan satt min plutonchef Oleg Makarov i arbete, svarade Jevgenij.

Ali och Daniel satt i den smutsiga cellen längst ner i källaren i Minsks mest ökända polishus. De betraktade den feta råttan som gnagde i sig en brödbit som någon hade tappat på golvet. Den överviktiga och plufsiga råttan var långt ifrån lik den som de bägge apotekarna var vana vid.

Inte samma muskelmassa och inte heller lika aggressiv.

– Vad gör vi nu, Daniel? frågade Ali utan att förvänta sig något svar.

Den retoriska frågan var egentligen helt meningslös.

– Ali! Vi kan inte göra mycket eftersom de har tagit ifrån oss våra telefoner, pass och all möjlighet att kommunicera. Det verkar ju som att de har uppfattat olyckan med Boris som ett attentat och av det lilla vi fick veta så var det faktiskt en hel del barn som dog i attacken, svarade Daniel.

– Jo, förvisso. Men jag förstår fortfarande inte riktigt kopplingen till oss? frågade Ali.

– Ja, men det borde du väl ha förstått! Det var ju en av Rolfs mannar som låg utspridd kring den utbrända motorcykeln. Det måste ha hänt någonting med den självutlösande mekanismen till mappen i boxen som satt på motorcykeln, svarade Daniel.

– Ja, okej. Vi får vänta på besked ifrån säkerhetschefen Viktor. Vi får hoppas att han kommunicerar med Rolf snarast, sa Ali stressat.

Inte så långt där efter hördes tunga steg och ett skramlande av nycklar.

Den överviktiga fängelsevakten var uppenbart på väg mot deras cell.

De väntade spänt med andan i halsen.

Kapitel 9

Igor tog fram sin högra hand och satte den mot skärmen på väggen. Han knappade även in en åttasiffrig kod. Spänt väntade alla på att något skulle ske och till slut såg man en ljusstrimma i golvet. Sakta drog sig väggen bakåt och blottade en bred brandtrappa.

– Följ efter mig! utbrast Igor.

Med andan i halsen kastade sig följet ned för trapporna så snabbt de kunde och omedelbart därefter flyttade sig väggen och golvet som nu blivit ett tak och förslöt rummet. Nu kunde ingen se vart man hade tagit vägen.

Alexandra tog till orda:

– Följ efter oss. Vi får gå den här vägen.

Man följde en labyrint av underjordiska gångar och med hjälp av den starka pannlampan som Igor hade såg man så småningom att detta ledde till en brant ståltrappa.

– Här är vägen ut, sa Igor. Vi måste vara försiktiga, för utgången leder till ett litet hus. Detta ligger utanför anläggningens murar. Därifrån kan ingen se oss, men vi kan se dem.

Mycket riktigt, efter att ha gått ett stort antal trappsteg kom man slutligen fram till en stor lucka av trä. Med hjälp av en spärr var den förseglad på insidan, men efter ett par ryck lyckades den starke Heinz ta bort spärren. Luckan var mycket tung och både Heinz och Gert-Inge fick pressa upp luckan för att kunna öppna den.

Till slut gick det äntligen. De gnisslande gångjärnen gav

med sig och luckan var nu helt öppen. I skenet utav pannlampan såg man ett relativt stort rum som var möblerat. Det fanns inga fönster, men genom glipor i väggen kunde man se ut. Heinz rotade i sin ryggsäck och sa:

– Den här kan vi ha nytta av.

Han tog fram en infraröd kamera för att kunna se värmekällor.

– Vad gör vi nu? utbrast Clara. Hur ska vi komma härifrån?

– Jag har en idé! sa Igor. Ser ni militärfordonet, bara 50 meter härifrån?

– Ja, den kan jag se med hjälp av värmekameran. Motorn har nyligen varit påslagen.

Samtliga tittade på varandra och verkade ha exakt samma idé.

Man nickade samstämmigt.

Det tog inte lång tid förrän samtliga gjorde sig redo för att överta den 2,5 ton tunga ryska militärlastbilen som stod tom framför dem.

– Gör er redo allihopa! sa Igor. Detta måste gå smidigt och lätt. Ingen får upptäcka oss.

Inom loppet av fem minuter hade alla stigit upp i lastbilen. Igor, Heinz och Gert-Inge satt i framsätet. De övriga satt på flaket under presenningen. Igor hade redan lösgjort kablarna för att tjuvkoppla lastbilen. Nu var de redo och väntade på ytterligare action.

– Ställ er upp! beordrade den kraftigt överviktiga vakten medan han skramlade med nycklarna i handen. Jag har fått order att föra er till chefen omedelbart.

Ali och Daniel ställde sig upp i givakt och väntade på att den kraftiga gallerdörren skulle öppnas. Vakten vred om ett flertal gånger och tog fram två handfängsel.

– Vänd er om! beordrade vakten.

Ali och Daniel gjorde som de blev tillsagda samtidigt som de noterade den gläfsande kopplade schäferhunden som stod bredvid vakten.

De båda männen noterade även att vakten hade en elpistol fäst i bältet. Vakten tog fram en batong och föste Ali och Daniel framför sig samtidigt som han höll hunden i stramt koppel.

Eter att ha gått en stund i de trånga korridorerna och uppför trapporna kom man slutligen fram till polischefens kontor.

Den äldre polischefen som snart skulle gå i pension, Igor Lutov, betraktade de två miserabla männen framför sig som numera var både ovårdade och smutsiga. De hade flera dagars skäggstubb och såg slitna ut. De få dagarna i häktet utan mat med enbart dryck hade också gjort dem magerlagda.

– Ni vet vad ni är anklagade för! sa Igor barskt. Vi anser att ni ingår i en terroristorganisation som vill skada Vitryssland. Vi har fått information om att det finns en koppling till GRU och säkerhetsavdelningen utanför Moskva som leds av Rolf Hassan. Vi är dock osäkra på den delen och därför måste detta utredas vidare. Till dess kommer ni att föras över till Okrestina, ett av de mest ökända fängelserna i Vitryssland. Flertalet av dem som kritiserat den vitryska regimen sitter fängslade där på obestämd tid.

Det sista hoppet Ali och Daniel hade på att eventuellt bli frigivna hade nu försvunnit. De båda sjönk ihop och brast i gråt. Situationen såg hopplös ut.

Sergej hade nu fått all information han behövde. Hans uppdrag var att mörda den ukrainska presidenten Alexander

Bosnovski. Detta krävde noggranna förberedelser och Sergej var tvungen att se till att han gjorde arbetet korrekt och dessutom var säker på att det var mannen ifråga.

Han öppnade mappen och läste igenom instruktionerna noga. Han förstod snart att han var tvungen att ta sig till skjutbanan som låg under mark för att träna på sin halvautomatiska SKS. Han tog sig till fjärde våningen under jord med hjälp av transporthissen och när hissdörrarna gled isär noterade han den enorma hallen som fungerade som träningsbana för skyttar.

– Ge mig det bästa du har. Har du SKS, de halvautomatiska gevären? frågade Sergej vaktmästaren Istvan.

– Självklart har jag det! svarade Istvan samtidigt som han sträckte fram det splitter nya geväret med en kartong patroner.

– Du kan ta bana 7, sa Istvan.

Sergej gick med bestämda steg fram till banan och satte på sig skyddsglasögonen och hörselkåporna och började skjuta mot måltavlan.

Det första skottet tog mitt i prick.

Sergej sänkte axlarna och log med ett snett leende och tänkte för sig själv:

»Det här kommer att gå bra.« Samtidigt tänkte han på Ana och sa tyst för sig själv:

»De hade kanske kunnat bli ett bra par, trots att de inte kände varandra.«

Sergej visste att dessa tankar var förbjudna och att han nu var tvungen att fokusera på sitt uppdrag till 100 %.

Kapitel 10

I det bleka skenet utav taklampan stod Olga med bägge knogarna på bordet och tittade stint på kartan framför sig.

– Här har vi det! sa Olga med barsk ton.

Jevgenij tittade upp med en tillfredsställd blick och borrade in blicken Olgas ögon. Han tänkte för sig själv: Vilken kvinna! Så bestämd och framgångsrik, stark och effektiv. Hade hon varit man så skulle hon ha kunnat vara Rysslands nya president.

– Vi gör såhär! sa Olga. Dina styrkor får avvakta ett närmare besked innan vi angriper byggnaden. Vi får ta oss till Lviv och styra styrkorna därifrån.

– Vi tar vår helikopter av modell Kamov Ka-31. Den är snabb och säker och kan ta oss hela vägen dit.

– Bra idé, Jevgenij! sa Olga. Nu är det jag som uppskattar dina idéer. Men innan det måste vi ha en säker plan på hur vi ska komma åt exakt var labbet ligger.

– Jag hörde att det ligger djupt under jordytan, så långt ner som 14 våningar, sa Jevgenij.

Enbart 20 minuter efter var man färdigklädda i full stridsmundering med militärkläder och tillhörande utrustning. Olga, som var snabb och vig, sprang mot den väntande helikoptern.

Jevgenij följde lika snabbt efter.

Kort därefter lättade helikoptern ifrån ytan och man hade kommit upp i luften på väg mot målet.

Sergej fick ett kort textmeddelande på sin telefon:

»Du ska vara på fordonsavdelningen nu.« Meddelandet kom från Rolf.

Han begav sig upp med transporthissen till markplan och gav sig iväg genom korridorerna till avdelningen. Där mötte han den ansvariga som visade honom till den splitter nya svarta Kawasakin Z750. Han betraktade mästerverket framför sig och utbrast:

– Vilken maskin!

– Ska jag köra den ända till den ukrainska huvudstaden? frågade Sergej.

– Nej, den kommer att transporteras till gränsen och därifrån får du ta dig själv till Kiev. Vi vill inte att det ska hända samma olycka som med Boris. Dessutom ska du transportera vapen som du ska gömma på sidan av motorcykeln i en dold väska. Vi kommer att smuggla in vapnen du ska använda över gränsen. Du får vidare instruktioner efterhand via vår internradio, svarade Rolf som nu stod vid sidan om honom och betraktade motorcykeln.

– Okej, chefen, det låter bra. När ska jag ge mig av? frågade Sergej.

– Vi kör upp hojen på den ukrainskregistrerade lastbilen ikväll. Du kommer att vara vid gränsen tidigt imorgon bitti, sade Rolf.

Senare under kvällen körde den stora lastbilen med sitt dyrbara innehåll söderut.

Kapitel 11

Gert-Inge och hans följe satt nu och väntade i lastbilen. Man hade suttit där nu i en hel timme och väntat. Plötsligt hördes ett dovt ljud på avstånd och Heinz utbrast:

– Jag ser en helikopter i min värmekamera!

– Se där! utropade Kerstin. Är det inte något som rör sig bakom de stillastående militärfordonen längre bort? frågade Kerstin efter att ha tittat efter i värmekameran själv.

– Kan du kontrollera saken, Heinz? frågade Gert-Inge.

– Mycket riktigt. Jag ser ett tiotal män som förefaller tungt beväpnade, men det verkar som om de väntar på något besked.

Ungefär 150 meter bort landade den militärgröna helikoptern och man såg nu två personer som hastigt tog sig ner på marken och gick fram till gruppen av de svartklädda männen.

– Herregud! Det där är ju Olga Sacharowa och Jevgenij Puschkin! sa Heinz.

– Vilka är de? frågade Gert-Inge.

Heinz förklarade snabbt att Olga var en karriärspion ifrån GRU, men som utbildats i Grosnyj av tjetjenerna. Hon lär vara mycket farlig och grym. Hon beskrivs som fullkomligt hänsynslös mot sina fiender, men älskad av sina beundrare.

– Men vem är mannen? frågade Gert-Inge.

Alberto, som varit tyst en längre tid, spärrade upp ögonen och utbrast med dämpad stämma:

– Men Jesus i himlen! Är inte det ledaren för Wagner-milisen?

Alla i gruppen blev mycket spända och nervösa.

– Det här bådar inte gott, sa Heinz.

Kort därefter hörde man den första explosionen som innebar att portarna till huvudbyggnaden trasades sönder.

– Vad gör vi nu?! frågade Gert-Inge med panik i rösten.

Några mil utanför den medelstora staden Butja svängde Sergej hastigt in på den lilla skogsvägen i det täta skogsområdet. Efter att ha kört ca 1 km kom han fram till det stora men slitna skjulet. Han hade fått instruktioner och tog fram fjärrkontrollen ifrån lastbilens handskfack och tryckte på den rätta knappen. Skjutdörrarna gled isär och blottade ett större utrymme. Sergej körde in lastbilen och parkerade den. För säkerhets skull tittade han i backspegeln och noterade att han inte hade blivit förföljd. Han hoppade snabbt och lätt ur förarsätet och tog sig till den bakre delen av lastbilen och kontrollerade för säkerhets skull dessförinnan att skjulets dörrar var ordentligt stängda. Han tryckte på knappen och lysrören tändes i taket. Han slet av presenningen på lastbilen och såg nu sin skönhet framför sig. Den var välförankrad, hans kära motorcykel, som han nu skulle föra ner på marken. Vid sidan om såg han den stora sportbagen med hans motorcykelutrustning.

– Det nyaste skinnstället från SHOSHEI.

Han betraktade även den svarta specialhjälmen med det skottsäkra visiret.

Sergej tänkte för sig själv:

»Det här ser riktigt bra ut! Genomför jag det här kan jag ta pengarna och lämna mitt gamla fosterland för evigt.«

De två ramperna fälldes ner och eftersom Sergej nu var mycket vältränad och stark, rullade han ner motorcykeln på marken enkelt.

Han förberedde sig nu för uppdraget och såg till att hans vapen var laddade och klara. Han förstod att det halvautomatiska geväret SKS inte var tillräckligt utan hade passat på att begära från Rolf en splitter ny Yarygin PYa. För säkerhets skull hade han fått hög-hastighetskulor som passade till vapnet. Han hade även fått med sig fotanglar. Motorcykeln var naturligtvis inte registrerad med ryska skyltar utan hade fått falska ukrainska sådana.

Han väntade nu på ytterligare besked. Han tog sig till den motsatta änden utav skjulet, tog fram sin fjärrkontroll och tryckte på den andra knappen. Väggarna gled isär och han tog sig in i det ultramoderna köket. Allting fanns på plats sedan han var där sist. Han greppade vodkaflaskan och fyllde glaset till brädden efter att ha satt sig vid köksbordet på den rangliga stolen.

Han lyfte glaset och drack det med ett svep.

– Nasdrowje! sa Sergej tyst för sig själv innan han fyllde glaset ännu en gång.

Kapitel 12

Den numera kända Niels Munk-Rasmussen från Malmöpolisen satt försjunken över sitt skrivbord. Klockan hade sedan ett tag passerat midnatt. Ingen var längre kvar på kontoret.

Under den kriminaltekniska undersökningen hos chefspsykologen Walter Olsson hade man hittat ett gömställe bakom en stor bokhylla av äldre modell. I väggen fanns ett fack. Där hade Niels duktiga team hittat viktiga dokument som han nu försökte tyda. Han visste att klockan var sent, men ringde ändå sin tidigare flamma och numera exflickvän Tove Andersson. Tove var specialist i att analysera komplicerade dokument och kunde också tyda innehållet till nästan 100 %.

Niels menade att pappret framför honom innehöll avancerad medicinsk information med ett flertal kemiska formler som skulle kunna tyda på ett medel som man använt antingen i en studie eller i ett experiment.

Han höjde på ögonbrynen samtidigt som han rynkade pannan och noterade att på ett av dokumenten stod det med röd skrift på engelska, men också på ryska följande:

»ANVÄND DETTA MEDEL VARSAMT. VID ÖVERDOSERING KAN DEN ORSAKA ONATURLIGA KRAFTER MED FARA FÖR ANDRA«

Niels tvekade inte. Han tog telefonen och slog numret.

– Andersson! sa rösten i andra änden.

Tidigt nästa morgon steg Sergej upp och gjorde sina övningar för att få igång sin starka och vältränade kopp. I skafferiet i köket hittade han några konserver och snabbkaffe. Han gjorde sig en stark kopp kaffe och åt bönorna med en sked direkt ifrån burken. Han hade även ordnat två hårdkokta ägg till sig själv. Kawasakin stod redo och han fyllde transportväskorna med det han behövde. I det specialgjorda hölstret placerade han det splitter nya halvautomatiska geväret av märket SKS. Han kollade tanken för att vara säker på att motorcykeln var fylld med bränsle. För säkerhets skull startade han motorcykeln för att kolla så allting var på plats. Han tog på sig det splitter nya skinnstället med inbyggda säkerhetskuddar i sådana fall att han skulle falla av motorcykeln. Han tog på sig hjälmen och gränslade motorcykeln. Han tryckte på fjärrkontrollen och dörrarna på skjulet gled isär. Han hade tur. Gryningen var där och han var säker på att det skulle bli en fin dag.

Sergej körde iväg med hög hastighet mot målet. Han var säker på att han skulle lyckas med uppdraget till 100 %.

Kapitel 13

Laddningarnas placeringar hade varit perfekta. Det hade räckt med en explosion för att få hela dörren med det skottsäkra glaset att haverera. Kort efter urladdningen smet Olga och Jevgenij tillsammans med ett följe av tio elitsoldater in i byggnaden.

– De har inte stängt av elen, konstaterade Olga. Enda vägen ner till den fjortonde våningen under jord är med hiss. Med hjälp av en överkoppling lyckades man få upp hissdörrarna. Sladdarna i dosan på höger sida om hissdörren var synliga. Hissen var nu fri att användas.

– Följ efter mig! Vi försöker att hitta laboratoriet, sa Olga.

Kort därefter såg man på displayen att hissen tog sig ner till våning 14 under jord.

– Se där! utbrast Beatrice.

Skuggorna vid den söndersprängda ingången var tydliga. Man rörde sig snabbt och smidigt mot militärfordonet.

– Jag ser att en av männen har en stor kyllåda i armarna. Vad kan det vara? frågade Heinz.

– Jag får se! sa Igor.

Igor grabbade tag i värmekameran och tittade in i den och kände genast igen transportboxen.

Några svårtolkade svordomar kom ur Alexandras mun, hon mumlade på ukrainska, men gick snabbt över till engelska och sa:

– Detta är ju transportboxen sannolikt fylld med prover från våran läkemedelsstudie. Vi måste kontakta chefen för Union Medical SpA Neuroscience.

– Om de tar boxen med sig är vi sålda! utbrast Igor. Vi måste följa efter.

Sergej förde fram den tunga motorcykeln i hög hastighet på de förvånansvärt välbyggda motorvägarna norr om den ukrainska huvudstaden. Några kilometer innan sitt tilltänkta mål svängde han av på en mindre parkeringsplats där det fanns ett gatukök. Sergej var under inga omständigheter hungrig utan enbart laddad och tänd på sitt uppdrag. De senaste uppgifterna han hade fått från GRU via Rolf var att man nu exakt hade identifierat den rutt som den ukrainska presidenten Alexander Bosnovski skulle ta. Det visade sig att han varje morgon steg upp klockan halv sju och gjorde sig i ordning och sedan inväntade sin chaufför som meddelade honom när transporten skulle vara klar för att åka till det ukrainska parlamentet, Verchovna Rada Ukrajiny, det vill säga Ukrainas högsta råd som var ett arv från det gamla Sovjetunionen på den tiden Ukraina var en del av det tidigare ryska imperiet. Färden tog enbart 20 minuter och kantades av civilklädda säkerhetsvakter men också drönare. Under färden fanns det en känslig punkt som var svår att kontrollera, nämligen en mindre tunnel under järnvägen. Sergej hade fått information om att tillslaget skulle ske där och att han skulle vara mycket snabb och effektiv. Attacken fick enbart ta högst sex minuter. Allting var noga beräknat.

Sergej funderade en stund och visste nu att han skulle ha stor nytta av de specialgjorda fotanglarna. Han visste exakt hur han skulle gå tillväga och att presidenten skulle vara chanslös.

Han gick återigen igenom de olika stegen i instruktionerna han hade på sin mobilskärm.

Sergej log för sig själv och startade sin motorcykel och fortsatte köra mot sitt mål.

Kapitel 14

– Hej Tove! Minns du mig? frågade Niels.

– Hej Niels! Klart att jag kommer ihåg dig, det var inte igår. Vad har du på hjärtat?

– Det är lite sent, men det kanske är viktigt? frågade Tove.

– Ja, Tove, jag ber om ursäkt, men det är mycket viktigt. Jag behöver din hjälp i ett svårt ärende, bor du fortfarande i Rörsjöstaden? Det ligger ju inte långt ifrån Porslinsgatan där jag har mitt kontor i polishuset. Jag vet att klockan passerat midnatt, men skulle du kunna komma över?

– Jag kunde ändå inte somna, så jag kommer över om 5 minuter. Ska bli trevligt att ses igen!

Det hade gått femton minuter och nu satt Tove på Nils kontor framför honom och tittade intensivt på det 140-sidiga dokumentet. Det mesta stod på ryska eller ukrainska, men det var i alla fall kyrilliska bokstäver.

– Skulle du kunna tolka detta? frågade Nils.

– Hmm.. det här ser mystiskt ut, men det förefaller vara en rysk militärbeskrivning med avseende på att använda kemiska stridsmedel. Du får ge mig några timmar så ska jag försöka gå igenom texten. Det ser absolut inte bra ut och skulle kunna innebära att om detta medel kommer i orätta händer som t.ex. till den ryska armén så kommer det innebära en fara för en stor del utav planetens befolkning. Var har du funnit detta? frågade Tove.

– Jag kan inte gå in på det i detalj då det är en del utav en förundersökning. Vi behöver snabb hjälp för att kunna stoppa det hela, kan du hjälpa mig? frågade Niels desperat.

Materialet som Niels hittat i Walters lägenhet låg undangömt på ett ställe som Olga Sacharowa uppenbarligen hade missat. Kort därefter hade Tove fått möjligheten att sitta i en del av Niels kontor och hade fått ett eget skrivbord. Hon hade också fått en laptop som var uppkopplad via polisens intranät och hade möjlighet att skicka och kommunicera med andra instanser som t.ex. Säpo och KSI. Toves kunskap i ryska var inte tillfredsställande hög, men hon kunde förstå och tyda en del utav texten. Hon tänkte att hon skulle söka en kontakt omedelbart.

Hon ringde numret och i den andra änden svarade:

– Olga.

Sergej hade noga studerat presidentens rutt och dennes rutiner. Samt visste nu exakt hur lång resan skulle bli mellan presidentpalatset och det ukrainska parlamentet. I den relativt korta men breda bron som gick under järnvägen visste han nu var han skulle placera fotanglarna. Han förstod också att det specialtillverkade geväret kunde användas som granatkastare och exempelvis skjuta pansarskott. Han hade fått information om att presidentens svarta Mercedes var bepansrad såväl undertill som i den övriga karossen. Rutorna på bilen var av skottsäkert glas. Det gällde nu att få stopp på bilen under tunneln. Nu gällde det för honom att hitta det perfekta stället för bakhållet. Inte långt ifrån bron fanns ett litet hak, en smutsig snabbmatsrestaurang där han noterade att man kunde hyra ett rum. Sergej hade även tagit reda på att där fanns ett garage i närheten där han kunde ställa sin motorcykel. Han tog av sig skinnstället, placerade hjälmen under sadeln i det speciella facket och låste. I ena transportlådan på motorcykeln hade han den tomma bagen som han stoppade sitt skinnställ i tillsammans med geväret och ammunitionen. Han tog sig därefter till övernattningsstället och skrev in sig som den vitryske turisten Oleg Krantjov.

Han bar upp den numera tunga bagen till rummet han hyrde på andra våningen. Sergej blev inte förvånad över den ytterst låga standarden på stället, men fick nöja sig.

Han satte sig på sängen och öppnade väskan och såg med efterlängtad blick att hans Smirnofflaska hade klarat sig. Han korkade upp flaskan och tog några djupa klunkar. Därefter la han sig på sängen och somnade inom kort.

Kapitel 15

– Snabba på! utbrast Heinz. Vi måste följa efter dem! Ser du militärbilarna framför oss?

Igor hade redan blottlagt de röda kablarna som han hade knipsat ihop med hjälp av en pennkniv, blottlade metallen i de bruna kablarna och gjorde kontakt. Efter enbart ett par försök startade den tunga lastbilen. Tjuvkopplingen var lyckad.

– En sån här lastbil har jag kört förut i militären. Den är klumpig, men har en bra servostyrning, sa Igor.

Framför dem syntes ett lättare militärfordon och man höll sig på avstånd. Alexandra hojtade till:

– Det verkar som att vaktstyrkan inte helt utplånats. Det verkar som att Dimitrij blivit skadad, men att han ändå är rörlig och har satt igång vaktstyrkan igen.

Kort därefter fick Alexandra in en videosignal på sin mobil och kom i kontakt med vaktstyrkans chef.

– Vi följer efter dem så fort vi kan, men de har ju lyckats att komma långt fram! ropade Alexandra.

Man visste att de var på väg mot ryska gränsen, men man hade ingen aning om hur långt fram det var dit.

– Jag har en idé, sa Alexandra. Vi får använda våra vapenbestyckade drönare ifrån Total Overview.

Du minns det här svenska företaget med vd:n David Knittlén.

– Mycket bra idé, Alex! sa Igor.

Kort därefter var samtliga på väg med behörigt avstånd

till deras antagonister. Man hoppades nu på att vaktstyrkan kunde samla ihop några fordon och aktivera drönarna. Det pirrade i magen hos samtliga, men framförallt Gert-Inge. Han svettades mycket och kände sig illamående.

Sergej låg naken på ängen i den varma försommarkvällen. Ovanpå honom låg den varma och sköna kvinnokroppen. Han var nöjd med tillvaron. Ana pussade honom ömt på munnen och log. Det hon sa till honom hörde han inte. Han hade haft en trevlig dag tillsammans med henne och flera sköna stunder. Sexet hade varit underbart. Ana hade tagit med en picknickkorg där det fanns vin, ost och bröd. Sergej hade aldrig mått så bra.

Slamret från sopgubbarna på gatan väckte honom brutalt från den paradisliknande drömmen han befann sig i. Han var sömndrucken men nu fullt medveten om att han hade ett viktigt uppdrag som han skulle uppfylla. Med släpande steg tog han sig ut genom dörren iförd enbart underbyxor och gick till den gemensamma toaletten för att urinera.

Han tog sig tillbaka till sitt rum och började gå igenom programmet för morgondagens ytterst hemliga uppdrag. Återigen gick han igenom väskan med vapnen och fotanglarna. Han var medveten om att han måste stiga upp ett par timmar innan målet nådde sin plats.

Han lade sig återigen på sängen och slumrade till. Återigen befann han sig på den ryska ängen tillsammans med Ana under det lummiga trädet. Livet var underbart.

Sergej hade slutit sina ögon, men leendet var brett. I sömnen kände han ett pirr i magtrakten.

Kapitel 16

Tove satt försjunken framför sin dator. Hon hade nu fått full insyn i förundersökningen, då hon blivit en del av utredningen. I andra änden hade hon kommit i kontakt med Olga Nikolajev.

Denna Olga var ambassadtjänsteman på den ryska beskickningen i Stockholm.

– Hej Olga! Jag behöver hjälp med att tolka rysk/ukrainsk text. Kan du hjälpa mig med det? frågade Tove.

– Klart jag kan det! Det var trevligt att höra din röst igen, svarade Olga.

Olga hade en längre relation till Tove efter att ha träffats ute på Suite, den mest fashionabla baren i Stockholm där det serverades dyra drinkar. Efter en tidigare misslyckad relation med Niels hade Tove bestämt sig för att pröva ett annat spår. Efter några drinkar tillsammans med Olga föll hon pladask. Tove och Olga hade inlett en relation som varade i ca tre år. Efter att relationen tagit slut hade de fortsatt vara vänner och höll relativt god kontakt. Olga var specialist på att tyda kyrillisk text och hon kunde också läsa mellan raderna vad som stod i dokument.

– Jag tror att vi har ett mycket känsligt ärende här och jag har fått tillstånd av min uppdragsgivare att kontakta dig, men sekretessen är på högsta nivå, det vill säga alert 5, sa Tove.

– Jag förstår! svarade Olga. Jag kommer inte att yppa ett knyst. Vad rör det sig om?

– Du får skriva på ett sekretessavtal så återkommer jag med ytterligare information. Lovar du att du tar på dig uppgiften? frågade Tove.

– Självklart! sa Olga utan att tveka.

Niels flämtade till. Han hade fått ytterligare information om att uppgifterna man hämtat ifrån Walters bostad nu kunde bli en internationell angelägenhet. Han kontaktade Dirk Lukaku på Interpol i Bryssel. Han förklarade noga sitt ärende.

– Det var som tusan, Niels! Bra jobbat! Det här låter mycket allvarligt och vi måste komma till rätta med problemet så snart som möjligt. Är du säker på att Union Medical SpA Neuroscience är involverat? Det är ju en seriös verksamhet som har funnits i många år och är känd för sina framstående forskare. De har ju framställt en hel del mycket viktiga läkemedel. Så vitt jag förstår inte minst inom neurologi, sa Dirk.

– Men det förefaller som att en yttre makt med onda avsikter har tagit sig in i anläggningen och stulit prover. Det verkar också som att själva forskningsprotokollet har stulits från en mottagning här i Malmö som är involverad i en studie, sa Niels.

I den andra änden blev det tyst.

– Fruktansvärt, Niels. Vi måste komma igång omedelbart, svarade Dirk.

Med ett ryck vaknade Sergej från sin skönhetssömn. Han tittade på klockan och noterade att hon bara var några minuter efter klockan fyra på morgonen. Han reste sig snabbt upp från sängen och kände sig lite yr, men det gick snabbt över. Efter att han hade besökt toaletten gick han tillbaka in i rummet och letade fram sin vodkaflaska. Han letade i väskans innerfack och hittade det han sökte. Tillsammans med vodkan tog han två kapslar Captagon. Inom femton minuter kände han sig pigg och stark som aldrig förr. Han tog på sig sina skyddskläder som fanns i bagen och lämnade tyst det sjaviga rummet. I skydd av mörkret med visshet om att det snart var gryning tog han sig till järnvägstunnelns norra infart. Han hade hittat en utmärkt plats där han höll bakhåll och väntade på sitt mål. Han hade fått uppgift om att presidentens bil var eskorterad av polis på motorcykel som höll sig ca 100–150 meter framför bilen. Av den muren han befann sig bakom tog han fram fotanglarna, det specialbyggda SKS-geväret samt axelhölstret till sin pistol. Klockan var nu halv 7 på morgonen. Nu gällde det. Sergej hade bara några minuter på sig. Han sprang fram och placerade ett tjugotal fotanglar inne i tunneln på det högra körfältet. Dessa var specialtillverkade med inbyggda sprängsatser och kunde explodera vid ett speciellt tryck. Han sprang snabbt tillbaka till sitt gömställe och väntade. Nu hörde han ljudet från motorcykeln och det tunga fordonet som presidenten färdades i. Han visste nu att färdvägen från presidentpalatset till parlamentet var tungt bevakad. Den tidiga morgonen gjorde att trafiken i stort sett var obefintlig. Han var på sin vakt och i högsta beredskap. Han hade sina vapen redo. Snart hördes den första smällen inne i tunneln och han tog sig med snabba och lätta steg mot öppningen. Motorcykelpolisen hann inte reagera och låg snart på marken efter att Sergej hade avlossat två snabba skott med sin pistol. Han tog sig fram till fordonet och riktade sitt ombyggda gevär, som nu fungerade som en granatkastare, och sköt sönder de skottsäkra glasen. Chauffören dog omedelbart efter de första skotten. Han såg nu presidenten i baksätet och sköt honom med två skott i bröstet samt ett skott som träffade huvudet. Han var nu säker på att den ukrainska presidenten inte längre levde och Sergej tog sig snabbt därifrån. Men det var någonting som inte riktigt stämde. Han hade i ögonvrån noterat att chauffören hade tryckt på en röd knapp inne i bilen. Omedelbart efter att han lämnat tunneln hörde han surret ovanför sig. Han hörde nu även sirenerna på avstånd. Han kände tryckvågen från explosionen.

Kort därefter svartnade allt och Sergej låg medvetslös på marken.

Kapitel 17

De sex bestyckade drönarna svävade tyst ovanför marken på behörigt avstånd ifrån konvojen.

Alexandra kunde via sin display tydligt se ledarbilen där Olga och Jevgenij sannolikt satt. Någonstans där fanns den stora behållaren med L-tdp 64a1 och förhoppningsvis kassetten med det saknade forskningsprotokollet.

Sannolikt skulle man inte kunna nå de eftertraktade dokumenten förrän de passerat den ryska gränsen. Denna var obevakad.

– Öka farten! kommenderade Heinz till Igor. Vi får inte tappa bort dem.

– Ingen fara, Heinz! Vi har full kontroll via kameran, sa Alexandra.

Under tiden hade vaktstyrkan från Union Medical SpA Neuroscience samlats. Man organiserade sig nu med hjälp av den skadade chefen för vaktstyrkan Dimitrij. Från ett intilliggande garage kördes det ut ett antal snabbgående amerikanska terrängbilar av märket Humvee, bilarna kördes snabbt fram till huvudingången där de sex medlemmarna av vaktstyrkan väntade. Alla var tungt beväpnade. En av terrängbilarna var dessutom bestyckad med en hel automatisk kulspruta på 8 millimeter. Man hoppade snabbt och lätt in i bilarna och satte av i full fart för att försöka hinna ifatt konvojen innan de passerade den ryska gränsen.

– Nu är det bara fem kilometer kvar till gränsen! utbrast

Alexandra. Vi kommer absolut inte hinna att nå dem innan de passerar.

– Forcera drönarna! Öka hastigheten! skrek Heinz.

Olga och Jevgenij satt i den guppande jeepen som fördes fram med hög hastighet i den oländiga terrängen. Plötsligt framför dem hördes den första explosionen. Ett stort hål bildades framför jeepen som sladdade och välte. Både Olga och Jevgenij var skadade. De övriga medlemmarna i följet stannade sina fordon och hoppade ut samtidigt som de tog skydd i buskaget. Man tog fram sina vapen och förstod inte vad som hade hänt.

– Där! utbrast en av männen samtidigt som de pekade upp mot skyn. Ser ni där uppe?! En bestyckad drönare! Se upp! Den skjuter emot oss!

Inom loppet av några sekunder avfyrades ett antal skottsalvor med stöd av en annan drönare. De tio männen låg orörliga på marken.

I den sjukhuslika lokalen låg Sergej till synes livlös på en brits.

– Är han i livet? frågade Maria Kratjanova.

Hon var högsta chefen för SBU, den ukrainska säkerhetstjänsten.

– Det ser ut så, svarade sjuksköterskan Mariusz Ketlinski. Han fortsatte:

– Vi har nyligen injicerat den biologiska spårsändaren i hans nacke som vi kom överens om. Vi använde den specialtillverkade injektorpennan.

– Bra! Nu kan vi hålla koll på honom oavsett var han befinner sig, svarade Maria.

– Just precis! Även om han befinner sig på nordpolen så ser vi detta, svarade Mariusz.

– Mycket bra! Men hur fungerar spårsändaren? frågade Maria.

Den ultramoderna biologiska spårsändaren hade tagits fram av Union Medical SpA. Den var fiffig på det viset att den aktiverades genom muskelrörelser. Med tanke på att den var injicerad i nacken på en av dem mest eftersökta ryska toppspionerna var detta inget problem. Sergej hade sannolikt inga som helst problem att vrida på huvudet.

Maria reste på sig och kände en stor stolthet att säkerhetstjänsten hade lyckats anlita en organisation med en sån hög teknologisk kompetens.

Hon tog upp sin telefon och slog in snabbvalet.

– Detta är Alexander, vad vill du, Maria?

Kapitel 18

De två amerikanska militärfordonen av märket Humvee susade förbi den tunga militärlastbilen där Gert-Inge och hans vänner satt.

– Vilken otrolig hastighet, trots den eländiga terrängen, sa Heinz. Det måste vara Dimitrij och vaktstyrkan.

Det tog inte lång tid för Dimitrij och hans team att hitta den övergivna jeepen. Den låg på sidan i bombkratern. Man letade även i de övriga fordonen, men kunde inte finna transportboxen med proverna och förhoppningsvis kassetten med forskningsprotokollet.

Dimitrij skickade ett akut meddelande till Alexandra där det stod:

»AKTIVERA DRÖNAREN MED ÖVERVAKNINGS-KAMERA SOM GÅTT I SPETSEN FÖR OPERATIO-NEN«

Vi saknar Olga och Jevgenij. De måste finnas i närheten. Vi måste få fatt i dem innan de går över till den ryska gränsen.

Den ultrasnabba och mycket tysta drönaren från Total Overview, som lett den flygande operationen i samband med att man följt efter Wagner-gruppen med Olga och Jevgenij för att försöka få tag i den stulna boxen och förhoppningsvis även kassetten, lättade och inom ett par sekunder var den högt uppe i skyn. Alexandra såg nu tydligt marken som observerades med hjälp av den högteknologiska kameran på drönaren, denna hade även en värmesökare. Via

Google Maps kunde man nu exakt se var nationsgränsen gick.

– Där! utbrast Alexandra. Under träden ser jag två röda punkter. De rör sig mot gränsen. Observera att vår drönare inte är bestyckad. Vi måste få fatt i en drönare som kan skjuta. Var finns den?!

– Vi gör såhär! kommenderade Heinz. Kontakta dem på vaktstyrkan, Dimitrij måste ha kommit fram till platsen. Ge dem GPS-informationen var Olga och Jevgenij befinner sig exakt.

Alexandra gjorde precis som Heinz sa och inom loppet av några få sekunder hade GPS-informationen skickats till Dimitrij på vaktstyrkan.

Med vana händer styrde Alexandra snabbt och lätt upp den obestyckade drönaren igen med den värmekänsliga kameran. Hon såg nu att de två röda punkterna sakta rörde sig mot den ryska gränsen.

– Där! utbrast Alexandra. Nu ser jag två röda punkter som kommer från sidan och verkar kunna hindra Olga och Jevgenij för ytterligare framfart.

– Stå stilla! kommenderade Dimitrij.

Han var beväpnad med en AK47:a och bakom honom stod ytterligare åtta personer ifrån vaktstyrkan. Med en kniptångsmanöver hade de terränggående och snabba Humvees kommit ifatt Olga och Jevgenij och framför dem stod nu två utmattade och trötta personer varav den ena krampaktigt höll fast i lådan med de eftertraktade proverna.

– Släpp ner lådan sakta på parken och gå tio steg bakåt! ropade Dimitrij.

De lika tungt beväpnade männen som stod bakom viftade hotfullt med sina vapen.

Olga och Jevgenij hade inget val, utan gjorde som de blev tillsagda.

– Vi saknar kassetten, sa Gert-Inge. Var är den? Kan du be Dimitrij få information om var vi ska leta efter den?

Blixtsnabbt skickade Alexandra informationen vidare till Dimitrij som gjorde som han blev tillsagd.

– Om ni inte säger var kassetten finns, så skjuter vi en av er! skrek Dimitrij.

Det blev tyst en stund, men sedan sa Olga:

– Den ligger i ett fack i jeepen. Be någon leta efter den där i så fall.

Igor och de övriga som nu kommit fram till platsen från drönarattacken såg nu att det låg ett tiotal döda Wagner-soldater utspridda och i en granatkrater låg en jeep på sidan.

Man gick genast till jeepen och undersökte den.

– Här är den! Äntligen! skrek Gert-Inge. Kassetten är här och den verkar oskadad och fullständig.

Aygor Martinovski var en schweizisk-ukrainsk medarbetare till presidenten sedan flera år. Hans uppdrag var säkerhetsklassat av högsta rang. Han var en av de högst betalda tjänstemännen inom SBU och om man hade ställt presidenten bredvid Aygor så hade man trott att dessa män var enäggstvillingar. När Maria anställde Aygor för ett antal år sedan var hon mycket nöjd då hon visste att Aygor skulle kunna bli presidentens perfekta dubbelgångare.

Aygor visste att uppdraget var förenat med mycket hög risk, men ville samtidigt både presidenten och SBU mycket väl. Sen skadade det ju inte med den höga ersättningsnivån. Aygor hade varje månad skickat en stor summa pengar till sin familj utanför Zürich, de kunde nu leva mycket gott.

Kort innan Gregory mer eller mindre avrättades på sitt kontor i Groznyj hade han fått information om att det kunde förekomma en hög risk för den ukrainska presidenten att bli mördad. Orsaken till detta sa man var presidentens inblandning i Union Medical SpA-aktiviteter som man trodde på hög rysk säkerhetsnivå var ett hot mot Ryssland med tanke på den information man nu hade om den industriella L-tdp 64a1. Därför hade man sedan flera månader ordnat med en manöver av högsta säkerhet som enbart ett fåtal inom ministeriet kände till. Denna försiktighetsåtgärd var noga orkestrerad av SBU:s chef Maria Kratjanova. Sedan en tid hade det byggts en bred och stor tunnel mellan presidentpalatset och parlamentet där presidenten således färdades på sina rutinuppdrag. Dubbelagenten Gregory Kadyrvow hade sedan en längre tid tillbaka varnat SBU och den ukrainska presidenten om att den ryska militära underrättelsetjänsten GRU hade satt honom på sin dödslista. Man var mycket nöjd över bygget och förstod nu att detta hade räddat presidentens liv.

Maria tyckte synd om Aygor, men han hade vare sig fru eller barn, hans föräldrar skulle säkert bli ledsna. Men detta var ju en del utav Aygors uppdrag.

Hon tog fram ur kassaskåpet på sitt kontor den superhemliga förteckningen på personal inom SBU och fattade pennan samt började bläddra i förteckningen. Hon hittade hans namn och drog ett streck över Aygor Martinovski. Hennes hand darrade lätt.

Maria kände en viss tyngd över bröstet, men visste att hon nu måste gå vidare och tänka på annat. Säkerheten var viktigast. Hon gjorde ett försiktigt ortodoxt korstecken och sa tyst för sig själv:

– Länge leva Ukrainas president!

Kapitel 19

En Augusta A109 landade på grässlänten strax utanför skogsbrynet. Ut kom Interpols högsta chef och kriminalkommissarie Dirk Lukaku. Han närmade sig med bestämda steg, med två medföljare, de två förbrytarna.

– Är det de? frågade Dirk Lukaku.

– Ja, jag kan garantera att det är de två eftersökta banditerna som försökt att smuggla ut de farliga proverna i boxen som skulle till högre instans i Ryssland. Sannolikt skulle de ha gått till ett avancerat labb för att massproduceras. Det var stor tur att vi fick tag i de här skurkarna, sa Dirk.

– Mycket bra arbetat. Vi har sökt efter de här personerna i flera månader nu utan resultat. Vi är också nöjda med att ni har fått tag i chefen för Wagnermilisen, sa Dirk.

Både Olga och Jevgenij var bakbundna med buntband, man hade satt munkavlar på dem och de bägge hade fått hättor över huvudena.

– Kan vi få hjälp att placera dem i helikoptern? Vi behöver också ha fyra utav era beväpnade mannar med oss till högkvarteret. Orten är hemlig, sa Dirk Lukaku.

Gert-Inge, Heinz och deras följe med Alberto betraktade helikoptern när den snabbt och lätt lyfte ifrån ängen och flög iväg.

Samtliga satte sig ner och pustade ut. Uppgiften var nu avklarad och man hade fått tillbaka boxen med det livsfarliga innehållet och kassetten med de mycket viktiga uppgifterna i protokollet för att kunna komma vidare med den sista fasen i studien som skulle hållas på Gert-Inges och hans teams klinik i Malmö.

– Vad gör vi nu?! frågade Alexandra.

– Vår första uppgift är nu att ta oss tillbaka till labbet för att undersöka hur stora skador det blivit, sa Igor.

– Jag tror att det blir viktigt att vi försöker hitta en spärr i molekylen så att ämnet inte kan användas felaktigt, kommenterade Alexandra.

Unisont utbrast alla:

– En mycket bra ide!

Efter dryga två timmars bilfärd i den gamla lastbilen som följde de två Humvees framför sig, nådde man slutligen Union Medical SpA:s anläggning några kilometer utanför Lviv.

– Herregud! utbrast Igor. Vilken förödelse.

Igor noterade att muren på baksidan av anläggningen var söndersprängd och ett stort hål som skulle kunna rymma en lastbil skönjdes. Vidare tog man sig till huvudingången och såg den stora förstörelsen med entrédörren som, trots att den var gjord med skottsäker, var helt demolerad. De dieseldrivna reservaggregaten verkade fungera och Igor satte igång dem med en nyckel.

Motorn hostade till, men efter några försök sattes den igång och ljusen inne i anläggningen tändes.

– Vi får hoppas att transporthissarna fungerar nu, sa Igor. Han gick med snabba steg mot hissen och de andra följde efter i lika rask takt. Man befann sig nu på 14 våningar under mark och med ett väsande ljud öppnades dörrarna. Det såg ut som en krigszon när man gick in. Det var glassplitter överallt, vatten på golvet och det luktade mycket fränt.

– Det här kommer inte att vara lätt att reparera, men jag tror att vi lyckas med att göra det, sa Igor. Vi kommer att få igång verksamheten igen, vi får göra allt vad vi kan. Det verkar som att allt är på plats och att vi snart kan fortsätta producera det viktiga ämnet till vår forskningsstudie.

Samtliga tittade på varandra och verkade lättade. Axlarna var nere och alla pustade ut, men alla var också oerhört trötta.

Plötsligt ringde Igors telefon.

– Vem talar jag med? frågade Igor.

– Detta är Ukrainas president Alexander Bosnovski.

– Ja! Vem talar jag med? frågade Rolf Hassan, forskningsledare och agent för GRU.

Hans situation hade förvärrats och han hade ständigt varit i kontakt med sina chefer och förklarat situationen. Rolf hade inte fått någon återkoppling ifrån Sergej och hade enbart mycket vag information om vad som hade hänt. Trots GRU:s allmänt kända underrättelseverksamhet, speciellt i Ukraina.

– Detta är Maria och du känner säkert igen mitt namn. Jag ringer på uppdrag ifrån den ukrainska staten. Jag har ett förslag som ni säkert kommer tycka är bra.

Rolf Hassan stängde av telefonens mikrofon och funderade en stund, han undrade vad detta skulle innebära, men befarade snabbt att han inte hade något val.

– Kör på, Maria! Berätta, vad handlar detta om? frågade Rolf.

– Vi har tillfångatagit en utav era bästa agenter. Hans namn är Sergej Antonov.

Han har försökt att mörda vår president och precis som i Ryssland så vet ni att straffet är döden. Men vi har ett förslag som lyder följande:

Ni har en politisk dissident och tillika en motståndare till er regim, men som är vänligt inställd till Ukraina, sa Maria.

Rolf lyfte på ögonbrynen och funderade. En svettpärla rann ner ifrån pannan och hans puls blev högre. Han funderade en stund och utbrast:

– Är det Viktor Navalny ni är ute efter?

– Stämmer bra! Skicka hit honom så gör vi en utväxling! svarade Maria.

Kort därefter klickades samtalet bort. Rolf hade börjat svettas ännu mer och pulsen var fortsatt hög.

– Vad gör jag nu? Jag blir tvungen att kontakta Vladimir, sa Rolf tyst för sig själv.

Kapitel 20

Niels Munk-Rasmussen stängde av sin dator. Den unge dansksvenske kriminalkommissarien vid Malmöpolisen var mycket nöjd med sitt och sitt teams arbete. Tove Andersson hade varit till stor hjälp och löst många svåra frågor. Kontakten med Dirk Lukaku, polisintendent vid Interpol i Bryssel, hade gjort sitt jobb. Enligt de färska uppgifterna man fått hade man lyckats fånga in de internationellt eftersökta krigsbrottslingarna Olga och Jevgenij. Ingen hade tidigare lyckats med detta trots långvariga försök.

Undersökningen och inhämtandet av de mycket hemliga dokumenten som man hittat bakom Walter Olssons bokhylla hade även varit till stor hjälp. Framför allt hade man fått klart för sig allvaret och hotet i och med den otillbörliga spridningen av det preparat som man har forskat fram på labbet utanför Lviv i Ukraina under ansvar av Union Medical SpA. Man hade även konstaterat genom autopsi via patologen i Lund att Walter Olsson inte bara blivit brutalt mördad utan det fanns även tecken genom skadorna man sett på Walters kropp att han sannolikt också hade blivit utpressad.

Det var således en mycket stor sak och kunde ha orsakat stor skada om man massproducerat ämnet och givit det till Jevgenij Puschkins yrkessoldater. Detta hade kunnat bli livsfarligt och lett till att ryssarna försökt att ta över hela världen.

Tove Andersson stod vid sidan om Niels.

– Vad gör vi nu? frågade Tove.

– Får jag lov att bjuda dig på en mojito? Det var längesen vi tog en drink tillsammans, svarade Niels.

Tove blev varm i kroppen och tänkte: äntligen får jag träffa Niels under andra omständigheter igen.

– Var serverar de den bästa mojiton i stan? frågade Tove.

– Jag vet ett ställe som serverar bara drinkar. Vi går till hotell Scandic Triangeln, svarade Niels.

Tove och Niels lämnade Porslinsgatan arm i arm. Vårsolen höll på att gå ner, men värmde fortsatt. Detta hade dock inte behövts då både Tove och Niels redan kände sig varma i kroppen.

Niels hjärta bultade redan.

– Kom, så promenerar vi till Triangeln, sa Niels med ett brett leende på läpparna.

Viktor Navalny låg i den specialtillverkade flygeln som var en del utav presidentpalatset. Denna del användes enbart av presidenten och hans stab vid eventuella sjukdomstillstånd. Med hjälp av EU hade man fått till sig den absolut bästa sjukvårdspersonalen inom flera specialistgrenar.

Viktor låg till synes livlös i bädden och var uppkopplad i telemetri. Han hade även fått näringsdropp. Han var mycket magerlagd och illa åtgången efter flera års fängelsevistelse i det ökända Lefortovo. Det ökända fängelset Lefortovo låg i Moskvas östliga utkant och var uppkallat efter François Le Fort, en schweizisk-född militär som var Tsar Peter den Stores gunstling. Inbäddat bland vanliga flerfamiljshus var det svårt att upptäcka för den som inte kände till dess exakta adress. Ingen i grannskapet hade velat prata om den ryska säkerhetstjänsten FSB:s fruktade fängelse. Orsaken till att Viktor hade fängslat var hans ihärdiga kamp mot den aktuella ryska presidenten Vladimir Mokolow som mer och mer hade blivit som en diktator och som använde fruktade medel för att tysta sina kritiker.

Viktor vred sakta på huvudet och noterade kvinnan som stod framför honom. Hon var SBU:s chef. Av någon anledning kände han igen henne och tänkte att han måste ha sett henne någonstans, men kunde inte placera var.

– Viktor Navalny, förmodar jag? frågade Maria samtidigt som hon tog tag i Viktors svaga hand.

Hon kunde känna att han var kallsvettig. Handen reagerade dock på slaget och Viktor tryckte lätt Marias.

– Ja, det stämmer, svarade Viktor med en mycket svag stämma. Han fortsatte fråga:

– Var är jag? Hur har jag kommit hit?

– Du har kommit hit under största sekretess genom en utväxling. Det finns ytterligare en person här som gärna vill träffa dig, svarade Maria.

Kort därefter uppenbarade sig Ukrainas president Alexander Bosnovski och sa högt:

– Välkommen till Ukraina, Viktor Navalny! Ni kommer att få ett par dagars vila här på avdelningen och sedan förväntar jag mig ett tätt samarbete framöver. Här är ert nya ukrainska pass.

Presidenten hade själv tagit med sig passet och lämnade över det till Viktor.

Viktor tog emot det med uppenbar glädje och lättnad.

Precis innan presidenten lämnade rummet vände han sig om och sa:

– Välkommen som hedersmedlem i den ukrainska regeringen, Viktor!

Långt därifrån utspelade sig en liknande situation fast inte långt utanför Moskvas stadsgräns. Sergej hade haft en enorm tur och den bestyckade drönaren som skjutit mot honom hade missat med bara några få centimeter. Tryckvågen som orsakats av granaten hade dock helt slagit ut honom. Sergej var nu vaken och talbar efter en lättare akutbehandling, inte minst med hjälp utav ukrainska sjukvårdare, och framför hans enklare sjukhussäng stod nu Rolf Hassan och sa:

– Jag har pratat med FSB och den enda möjligheten till att få dig utväxlad var att skicka Navalny på begäran av SBU:s chef. Detta är nu avklarat.

När du återhämtat dig får du återgå i vanlig marktjänst, men du behöver vara beredd på att bli inkallad när vi behöver dig. Lite mer än 700 km därifrån satt den högsta ledningen på den operativa avdelningen för den ukrainska säkerhetstjänsten. Med hjälp av GPS-satelliten kunde man exakt lokalisera Sergej Antonov genom den biologiska spårsändaren han fått injicerad i nacken. Då man visste att han hade en hög position i den ryska militära organisationen GRU kunde man nu således följa Sergejs minsta steg.

Adressen han så småningom tog sig till var bekant för SBU. Han hade tagit sig hem till Ana.

I centrala Moskva, inte långt ifrån Krimbron hade Grazyna Golonkova bestämt sig för att tidigt rasta sin hund – en jack russell vid namn Trotzki. När Grazyna var ute såhär tidigt på morgonen, vilket hände sällan, var hunden inte kopplad. Hunden sprang i förväg och var nu några hundra meter framför henne, men stannade plötsligt upp framför ett buskage och markerade med några kraftiga skall. Grazyna undrade vad det kunde vara och när hon kom fram till platsen flämtade hon till. Hon kunde tydligt se armen utav en människa som stack ut ifrån busken. Hon följde sina instinkter och ringde larmcentralen.

Den rättsmedicinska utredningen som gjordes visade snart på att personen som var död hade blivit mördad med nervgiftet Nowy Chok. Rolf Hassan var nu ett minne blott.

EPILOG

– Välkomna in till mitt konferensrum! utbrast Alexander Bosnovski, Ukrainas nyligen valde president.

Trots sin korta tid vid makten var han oerhört populär bland folket på grund utav sin charm och att han var utåtriktad samt att han uppfattades vara korrekt och ärlig och föreföll att vilja sitt folk väl.

Gert-Inge och hela hans team tillsammans med Heinz och Alberto satt utanför den stora och dekorerade dörren till presidentens konferensrum. De kände sig stolta och mycket glada över detta oplanerade möte med en sådan högt uppsatt person.

Den lilla gruppen gick in i konferensrummet och i anslutning till rummet fanns en stor balkong där man redan nu kunde höra sorlet ifrån folksamlingen.

Då Igor fått telefonsamtal ifrån presidenten Alexander fick han samtidigt veta att han var fullt ut informerad om situationen och vad som hade hänt. Man hade fått veta via Interpol som varit i kontakt med det mycket framgångsrika teamet i Malmö att inte bara Union Medical SpA hade utsatts för hot och inbrott utan att man även fått information om att Rysslands president Vladimir Mokolow haft för avsikt att med hjälp av sin elitstyrka invadera Ukraina. Man hade också tagit del av uppgifter om det livsfarliga ämnet som skulle orsaka att den ryska armén och deras legosoldater skulle få omänsklig styrka och kunna invadera landet samt ta över livsviktiga funktioner under loppet av enbart 24H.

Presidenten hade dessutom hyllat det svenska initiativet som lett till att man kunnat fånga in de ytterst farliga medlemmarna från GRU och Wagnermilisen.

Samtliga stod nu framför presidenten, som hade ordnat med medaljer enligt det ukrainska riddarkorset.

Längst fram ställde sig Gert-Inge, som fick nålen insatt av presidenten själv över vänster bröst. Han kände sig oerhört stolt. Kort därefter genomgick Kerstin, Beatrice, Clara, Heinz och Alberto samma procedur.

– Kom nu, vi måste visa oss för folket! De är helt införstådda om vad som har hänt och är mycket glada över detta, sa presidenten.

Kort därefter visade sig Gert-Inge tillsammans med presidenten på balkongen och mottog folkets jubel.

– HURRA! HURRA! HURRA! skrek folket.

Efter några dagars uppehåll som gäster i presidentens enorma palats där de erbjöds all lyx och möjlig service återvände man till Malmö. Tillsammans tog de den stora personalhissen upp till 5:e våningen. De öppnade dörren och märkligt nog var den avlarmad.

Försjunken över sin dator satt Carl-Gustaf Nilsson och studerade skärmen.

Då han upptäckte sina arbetskollegor reste han sig med ett ryck så att stolen välte och gick teamet till mötes. Han utbrast:

– Välkomna tillbaka, kära kollegor! Så skönt att se er igen. Men dessvärre måste jag informera om att Walter är död.

– Ja, det vet vi. Men Carl-Gustaf, du måste veta att det var han som orsakade sin egen död genom att förråda oss, svarade Gert-Inge.

Senare på kvällen gick hela teamet till Lilla Torg och satte sig ner på en uteservering och beställde in mat. Det var varmt och skönt och äntligen efter en lång mycket besvärlig period kunde man nu slappna av. Gert-Inge log för sig själv och tänkte: Imorgon blir det en vanlig dag. Vi kan nu återgå till våra rutiner igen.

Denna berättelse tillägnas även det ukrainska folket och dess kamp emot de orättvisor de blivit utsatta för i striden om makten över det ukrainska folket.

Länge leve deras frihet och självständighet!

SLUT

Samtliga karaktärer, personer eller figurer i denna bok är påhittade. Alla eventuella liknelser med verkligheten är accidentell.

Jag vill speciellt tacka den fantastiska personalen, men framförallt mina kära kollegor Sanna och Vera. Om de inte hade hjälpt mig hade denna bok ej kommit till då jag är gravt synskadad.

Jag vill även tacka min son Victor för hans fantastiska insatser och tålamod med samtliga illustrationer. Han har gjort ett otroligt bra arbete trots att han jobbat och studerat samtidigt